Loïc Merle

Allein, unbesiegt

Roman

Aus dem Französischen
von Claudia Steinitz

liebeskind

Für Léo Merle und Louise Merle, glücklicherweise da.
Für Laure, immer und ewig.

»Schlechte Einflüsse bin ich befähigt, mir vom
Körper und vom Gehirn fernzuhalten«, sagte ich.
»Ich weiß, was mir nützlich ist«, sagte ich.

THOMAS BERNHARD

I

Tatsächlich hatte ich, kaum war in der Wüste, wo ich damals herumsaß, eine alarmierende, ihn betreffende Nachricht zu mir gelangt, meine teure Militärausrüstung stehen und liegen lassen, die Uniform ausgezogen und gerade noch daran gedacht, die Erlaubnis zur Abreise zu erbitten. Und ich war wirklich zu ihm geflogen; und obwohl ich einen Zwischenstopp einlegen und eine ganze Woche auf einer Insel warten musste, wo ich viel trank und viel kotzte, hatte ich das Gefühl, direkt hinzufliegen und dann nach der Landung mit einem Affenzahn zu ihm zu rasen. Doch kaum war ich in meine Geburtsstadt, nach C., zurückgekehrt, kam ich zu mir … Die Dinge hatten sich nicht verändert … Eine gewisse Atmosphäre, drückend wie der Nebel, der stockte und die Knochen durchdrang, die Knochen angriff … Und wieder spürte ich das Gewicht des Bergs, wie seine Arme mich umklammerten … Der Schatten des großen Bergs, dem ich Jahre zuvor entflohen war …

Die ganze Umgebung, das Krankenhausgelände war das geblieben, was ich, in meiner Erinnerung, ganz am Ende meiner Teenagerzeit schließlich gehasst hatte: ein riesiger Käfig mit Stäben aus verwittertem Beton, in dem man aus Mangel an Geld und Zuwendung die Kranken stapelte. Obwohl meine Großmutter dort mehr als dreißig Jahre lang geputzt und den größten Teil ihrer Kraft und ihrer

Freude verausgabt hatte, sodass für uns, ihre Familie, nur Krumen blieben, wusste ich fast nichts vom Klinikleben, ob es sich sehr von meinem unterschied, nichts vom Schmerz und von der Erlösung der Patienten; ich hatte mir nie die Ängste der Familien, die Sorgen der Ärzte, die hilflosen Besucher vorgestellt, bis heute – ich hatte nichts davon wissen wollen. Nun aber, als ich unter dem überdimensionalen Vordach des Haupteingangs darüber nachdachte, vielleicht, weil ich, wie aus seinen Innereien quellend, die Geräusche unbekannter Riten zu vernehmen meinte, vielleicht auch, weil ich überhaupt nicht wusste, was mich da drinnen erwartete, kam ich mir vor wie auf dem Vorplatz einer Kirche.

Plötzlich fiel mir ein, dass ich niemanden von meiner Ankunft benachrichtigt hatte. Aber eine architektonische Neugier, sagen wir, die Neugier eines wenig gebildeten Menschen, trieb mich, dieses höchst beeindruckende Gebäude zu betreten, und ich fand mich in einem riesigen Schiff wieder, in dem man, dachte ich, Hunderte Leichen mit noch warmer Haut unter der hohen Decke hätte stapeln können, noch eine Zeit lang einbalsamiert vom sanften, durch die abwechselnd gelben und blauen Glaswände gefilterten Licht. Etwas eingeschüchtert und zögernd ging ich ohne Eile an einer Reihe kleiner Türen in den Seitenschiffen entlang, gleich Kapellen mit seltsamen Namen, *Funktionsprüfung*, *Pathologische Zytologie*, *Kryotherapie*, dann ließ ich die melancholischen Wandelgänge der Cafeteria links liegen und nahm einen Fahrstuhl, der mich in der dritten Etage vor die Station für Hämatologie katapultierte, wo anscheinend die Blutkrankheiten bekämpft wurden.

Beim Anblick der schweren Flügeltüren, deren Öffnung ein mir unbekanntes Passwort zu verlangen schien, kam es mir vor, als sei ich im Begriff, ein verbotenes und gefährliches Territorium zu betreten. Es konnte natürlich sein, dass mir, kaum meinem Kriegsgebiet entronnen, die Fantasie einen Streich spielte. Und trotzdem deuteten schon im Eingangsbereich die plötzlich aggressiven Gerüche, die seltsamen Vorschriften für Hygiene und Sicherheit, insgesamt sechzehn, die zahlreichen Verbote und das obligatorische Ablegen von Schmuck und Uhr auf eine Art Heiligtum hin, wo, im Gegensatz zu dem, was außerhalb geschah, nur die unlösbaren Rätsel der misshandelten, haltlosen Körper, die praktischen Fragen, die Nüchternheit zählten, wo es keine Sonderbehandlungen gab, wo es undenkbar war, sich dem Prozedere nicht zu beugen – ich glaube, es ging darum, zu vergessen, wer man war, bevor man die Schwelle übertrat.

Unbehaglich, mir selbst überlassen und besorgt, etwas falsch zu machen, wartete ich verzweifelt auf Hilfe und blieb lange am Eingang stehen, wagte keine Regung, bis eine Schwester auftauchte und sich ohne einen Blick für mich den Garderobenschränken zuwandte. Als ich sie, unbeabsichtigt etwas aggressiv, fragte, was ich tun solle und wo ich Zimmer dreihundertdrei fände, drehte sie sich genervt um und sah mich mit müden Augen an, als falle es ihr außerordentlich schwer zu antworten und als sei ihr eben diese Strafe, mit Leuten zu reden, die nicht wussten, die keine Ahnung davon hatten, was sie durchmachte, Tag für Tag auferlegt. Dann seufzte sie geräuschvoll, griff, ohne ein Wort zu sagen, mein Kinn und drehte meinen Kopf mit zweien ihrer krummen und kalten Finger, bis ich die gut sichtbare und schief angeklebte Tafel sah, an der die Besucherordnung und der Stationsplan mit der genauen Position jedes Zimmers hingen.

Es war noch früh am Morgen, und ich ging geräuschlos weiter, beeindruckt von der herrschenden Stille, allein im einzigen und endlosen Gang der Station. Auf beiden Seiten standen die meisten Zimmertüren für die Behandlung, Toilette oder Reinigung offen, aber ich starrte geradeaus und versuchte, meine Neugier auf das, was die Kranken erleiden mochten, und auf den Anblick ihrer Krankheit nicht zu befriedigen. Kurze Blicke konnte ich jedoch trotz aller Anstrengung nicht vermeiden (um eine Ahnung davon zu bekommen, was mich erwartete, deswegen, um nicht überrascht zu werden), und ich stellte fest, dass alle absolut identischen Zimmer einen Vorraum hatten, in dem jeder Besucher, bevor ihm erlaubt wurde, sich dem Kranken zu nähern, sorgfältig die Hände waschen und dann einen Kittel, eine Haube und einen Mundschutz anlegen musste. Besonders interessierte mich, dass diese Vorbereitung, die wie eine Vorbereitung auf das Schlimmste war, nicht blind erfolgte: Bestärkt oder entmutigt, je nachdem, wurde der gute Wille vom unverstellten Blick durch eine große Glasscheibe, die eine ganze Wand dieses Vorraums einnahm, in das eigentliche sterile Zimmer, in dem sich die Kranken aufhielten, denen es verboten war, den Raum zu verlassen, und die meistens nicht einmal aus ihrem Bett aufstehen konnten … Auf diese Weise war man gewarnt, man konnte sich auf den Rückfall oder eine Besserung einstellen … Hier bot sich auch die letzte Chance, zu verzichten, bevor es zu spät wäre: die vollständige und schamlose Zurschaustellung der Krankheit in grellem Licht, der Folgen der schweren Krankheit, wie in einem Labor … Menschliches Eingeschlossensein, menschliche Langeweile, Wahnsinn ohne Hoffnung und gestörte Gene … Es war wie der Blick in ein Gefängnis, ohne selbst verurteilt zu sein … Ein chemisches Gefängnis, ein Gefängnis sogar für die Seele … Schritt für Schritt gelangte ich schließlich zum Zimmer meines Freundes Kérim San, irgendjemand hatte mir die folgende, anonyme Mail geschickt, die auf geradezu wundersame Weise ihr Ziel erreicht hatte: *Kérim hat Krebs.*

Auch Kérims Tür stand offen. Wenig empfänglich für die Anziehungskraft des Geheimen, ja geradezu abgeschreckt von den Geheimnissen, die sich hinter geschlossenen Türen verbargen, wäre es sonst wohl unwahrscheinlich gewesen, dass ich diese erste Schwelle überschritten, und noch unwahrscheinlicher, dass ich nicht das Weite gesucht hätte. Aber ich war unruhig; ich fragte mich auf einmal, was ich dort tat, worin meine Anwesenheit ihm nützlich sein würde oder auch nur angenehm. Und was würde Kérim sagen, wenn er mich auf einmal auftauchen sah, ich war ein Fremder für ihn geworden, nach meiner plötzlichen Abreise, gefolgt von sieben Jahren Schweigen, was würde er empfinden, wenn nicht Wut und Enttäuschung? Glücklicherweise konnte ich den Kopf durch den Türspalt stecken, geschützt von dem halbdunklen Vorraum durch die Glasscheibe seines sterilen Zimmers sehen und Kérim ungestört beobachten, ohne den Flur verlassen zu müssen. Er saß oder schien vielmehr wie eine Reliquie auf sein Bett ohne Laken und ohne Decke platziert, gleichgültig für die

Frau in uniformblauer Kleidung, die sich von einer Ecke des Zimmers zur anderen vorarbeitete und mit ihm sprach, ohne dass er sie je einer Antwort würdigte, den Blick starr auf ein schwarz vergittertes Fenster gerichtet, das ein unerträgliches Weiß verbreitete und das, da es sein Gesicht in einem bestimmten Winkel traf, dieses fast verschwinden ließ. Er blinzelte nicht, seine Augen waren halb geschlossen. Er hatte keine Haare mehr, auch nicht seinen Kranzbart, ohne den ihn je gesehen zu haben ich mich entgegen aller Wahrscheinlichkeit nicht erinnern konnte. Vor allem die Farbe seiner Haut hatte sich verändert, alles Leuchten hatte sich aus seinem einstmals dunklen Teint zurückgezogen und Stirn und Wangen einem Grau des Verfalls überlassen. Sein Hals war unerträglich mager, seine Nase schien gewachsen zu sein und unter ihrem eigenen Gewicht zusammenzusinken.

Nachdem ich ihn auf Anhieb erkannt hatte, wie ich beinahe stolz dachte, und mich allmählich an die Verwandlung seiner Züge gewöhnte, ja geradezu fasziniert war von dieser Verwandlung und ein wenig meine Vorsicht vergaß, fand ich den Mut, in den Vorraum zu treten. Dann, während ich mich für das sterile Zimmer vorbereitete, fragte ich mich ernsthaft, ob Kérims sichtbare körperlichen Veränderungen nur seiner Krankheit und der Behandlung geschuldet waren, oder ob die Jahre, die wir voneinander getrennt verbracht hatten, sein Aussehen so sehr hatten verwandeln können, wie auch ich meinerseits, gut beisammen, gesund an Körper, aber nicht wirklich an Geist, mich vielleicht verändert hatte, und als ich kurz in einen kleinen, über dem Waschbecken hängenden Spiegel sah, fand ich einen Augenblick, dass ich bemerkenswert dem Kérim ähnelte, den ich gekannt hatte, der er gewesen war, aber nicht mehr sein würde, dem Träger eines gewissen Glanzes, und dass er, müsste ich nicht den größten Teil meines Gesichtes maskieren, um ihn zu besuchen, ohne ihn mit Keimen anzustecken, die ihn sofort töten würden, mir vielleicht böse gewesen wäre, ihm so brutal ein etwas blasseres Spiegelbild dessen zu präsentieren, was er gewesen war, eine Erinnerung an sein eigenes goldenes Zeitalter. Wie auch immer, ich war bereits geschrubbt und umgezogen, beim Drehen des Kopfes in meine Richtung hatte Kérim mich zweifellos gesehen, es war zu spät, den Rückzug anzutreten. Ich trank hintereinander drei Gläser Wasser, die mir sogleich auf den Magen drückten, als hätte ich den Plastikbecher mit verschluckt, wusch mir erneut gut fünf Minuten lang die Hände und zog ein neues Paar Handschuhe an. Dann wartete ich, ohne mich zu rühren, schwitzend und schlotternd auf mein hoffnungslos stummes Telefon starrend, dass die Schwester herauskäme. Endlich konnte ich hinein. Es verging eine Ewigkeit, bis sich unsere Blicke kreuzten. Wie üblich sprach er als Erster: Charles Zalik, sieh an.

Seine Stimme, die aus einer Vergangenheit auftauchte, mit der ich endgültig gebrochen zu haben glaubte, seine Stimme, die noch mehr gealtert war als sein Körper, seine heisere Stimme lähmte mich, und ich blieb unbeholfen und stumm in angemessenem Abstand vom Fußende seines Bettes stehen. Seltsamerweise, obwohl ich doch inzwischen Organisation schätzte, obwohl die Armee mich gelehrt hatte, klare Kommunikation, Ordnung und die Unerschütterlichkeit des Geistes (mein eigener Geist war inzwischen in rigoros gleich große Schubladen aufgeteilt) mit einer dort, in der Wüste, selten verletzten Liebe zu lieben, hatte ich unser Wiedersehen nicht vorausbedacht, und selbst der privilegierte und geschützte Blick durch die Scheibe auf Kérims Krankheit, wenige Minuten zuvor, hatte mich nicht darauf gebracht, meine Worte zurechtzulegen oder ein besonderes Gefühl von Zärtlichkeit, Mitleid oder Unbekümmertheit vorzugeben, das der Situation hätte angemessen sein können. Und jetzt hoffte ich, der Mundschutz verberge hinreichend meine verlegene Mimik, meinen Widerwillen und auch mein Entsetzen. Aber ihm blieb der Anblick meiner Augen, meiner grünen Augen – diesbezüglich pflegte sich Kérim damals nicht zu irren. Los, los, Soldat, ein bisschen Mumm. Komm näher, sagte er, komm näher.

Ich glaube, das Beste, was ich während dieses ersten Besuches getan habe, ich meine, das, was mir im Nachhinein als das Natürlichste und Richtigste erschien, war, ihm zu gehorchen, wie ich es schon hundert Mal getan hatte, und mich unverzüglich auf einen Stuhl zu setzen, den ich wegen der Enge und aus Ungeschicklichkeit nur mit Mühe neben ihm auf alle vier Beine stellen konnte. Der Anflug eines Lächelns zeigte sich auf seinen Lippen und ließ den Schorf, den ich um seinen Mund gesehen hatte, teilweise verschwinden; doch obwohl sein Charme immer noch wirkte, vermochte er die anderen Zeichen seiner Krankheit nicht zu verbergen, die sich überall auf seinen Gliedern zeigten und die Kérim auch gar nicht zu verstecken suchte: das violette Zahnfleisch und die gelblichen Zähne, die ausgemergelten Unterarme, die geschwollenen Füße, die unnatürlichen

Rötungen am Hals und auf der Brust. Nach seinem Leiden jedoch wagte ich ihn gar nicht zu fragen. Ich sagte am Anfang nichts, ließ Kérim mich anstarren und versuchen, an meiner Haltung, an dem bisschen, was er von meinem Gesicht sah, wie ein hellsehender Detektiv die Gründe meines Kommens abzulesen, offensichtlich erinnerte er sich nicht, dass er mich hatte informieren lassen. Und ganz bestimmt versuchte er auch zu erraten, was ich fern von ihm vollbracht und gelernt hatte und sogar, was ich in seiner Abwesenheit wohl über ihn gesagt und gedacht hatte. Nach langen Minuten schweigenden Musterns begann Kérim, als habe er plötzlich beschlossen, die Wolke zu vertreiben, die sich zwischen uns legte, mich munter über die banalsten Dinge auszufragen, erkundigte sich, ob ich eine gute Reise gehabt hätte, wo ich wohnen würde, sicher bei meiner Mutter, ob es mir grundsätzlich gut gehe und ob mir das Militärleben gefalle.

»Wir sind beide Soldaten, jeder auf seine Art«, sagte er.

»Du ja«, brachte ich mühsam heraus.

»Zwei Kämpfer, bereit, bis zum Ende zu gehen.«

»Kann schon sein.«

»Nein, das ist sicher.«

Er wirkte extrem geschwächt und dabei immer noch von einem Willen getragen, für den ich seither kein anderes Beispiel gefunden habe, den er jedoch nicht selten plump und meistens absurd zur Schau stellte, um das Ausmaß seiner Überlegenheit zu beweisen. Während er lebhaft über das Wetter draußen, den besonders harten Winter und den Ablauf seiner Tage sprach, hob Kérim regelmäßig beide Hände, als wollte er sich strecken, legte sie auf beide

Seiten des Kopfes und ließ sie dann langsam an seinem geschwächten Körper hinabgleiten, sodass mir, da meine Augen nicht anders konnten, als seinen Bewegungen zu folgen, kein Detail erspart blieb. Diese provozierende Zurschaustellung seines Zustands, ohne dass er sich die Mühe gemacht hätte, vorher von Wissenschaft, möglicher Genesung oder unheilbarem Übel zu reden, war zu viel, schockierte mich viel mehr, als ich zu sagen vermag, und die Panik kehrte zurück. Ich war völlig fertig, und als er seinen Redefluss unterbrach, um die Nasenstöpsel zurechtzuschieben, stand ich unvermittelt auf und verließ das Zimmer, wobei ich ihm versprach, wiederzukommen, sobald ich könnte, nachdem ich meine Mutter besucht hätte, am nächsten oder übernächsten Tag.

Als ich wieder im Vorraum stand, stellte ich fest, dass ich kaum fünfzehn Minuten bei ihm verbracht hatte – wie war das möglich? Ich entledigte mich mühsam meines Plastikgewands, das ich am Ende wütend zerriss und in einen Mülleimer stopfte, und vermied dabei den Blick in Richtung Zimmer, versuchte, in der nun verwässerten, Schritt für Schritt von der Helligkeit aus dem Zimmer bekämpften Dunkelheit zu bleiben, aber natürlich konnte ich, ehe ich ging, nicht umhin, den Kopf zu wenden und einen letzten Blick durch die Scheibe zu werfen: Kérim beobachtete mich mit seinen glänzenden, vielleicht fiebrigen Augen, zwei Edelsteine, wie Hehlerware in dem verwüsteten Gesicht – das war er, Ké, das war wirklich er.

Ich war verwirrt, fasste mich aber ziemlich rasch, fast reflexartig, und bis ich die Station verließ, hatte ich meine Ruhe wiedergefunden. Etwas hatte die Armee mich gelehrt, eine gewisse Geistesverfassung: Ich konnte noch Arme und Beine bewegen, mir blieben Mund, Nase und Ohren, ich hatte keinerlei Löcher im Körper und meine Brust hob und senkte sich mühelos, alles stand also zum Besten. Aber diese Schlichtheit, diese Geradlinigkeit des Geistes passte besser zur Landschaft des Wüstentals, in dem meine Einheit stationiert war, zum fernen Horizont der Berge, die den kobaltblauen Himmel sauber abschnitten, zum monotonen Dasein, das wir auf der vorgeschobenen Operationsbasis inmitten des Gräbergestanks führten – einem Gestank, in den sich der von Benzin, Munition und Computerkabel mischte. Hier dagegen, in C., das ging mir durch den Kopf, als ich auf der Straße stand, war alles irgendwie kompliziert, chaotisch: Meine Gedanken gerieten durcheinander, meine Gewissheiten hatten sich bei der Ankunft in der Stadt verflüchtigt, als würden mich das Wasser, das ich trank, und die Luft, die ich atmete, irgendwie vergiften, und drohten, mich in einen jener Greise zu verwandeln, die man auf den Brücken traf, verschwommene Umrisse, nutzlos und verlassen.

Bei meinem letzten Fronturlaub war ich gar nicht erst nach C. gekommen. Ich hatte keine Lust gehabt, den kaum getrockneten Schlamm meiner Erinnerung aufzuwühlen und ein weiteres Mal mein damaliges Leben, ein Leben, das ich mir voller hochfliegender Pläne wünschte, im Licht der Orte meiner Kindheit zu bewerten und dann von den Leuten, die ich früher gekannt hatte, beobachtet und beurteilt zu werden, keine Lust auf die Enge einer mittelgroßen Stadt, die ländliche Umgebung, die Felder und den Schlamm und überall Spuren von Erde … Ich war zwei Wochen in Paris geblieben (zwei Wochen für den Körper, für den normalen Mann, der das Leben seines Körpers führt, aber sechs Monate für meinen Geist und letztlich vielleicht sechs Monate für meinen unsichtbaren Körper, für meine Organe), hatte es mir gut gehen lassen, die Grenzen meines Lieblingsviertels kaum überschritten und sogar, was mir vor meinem ersten Einsatz in Übersee nicht in den Sinn gekommen wäre, mit einer Studentin namens Lily verkehrt, die sich gelegentlich prostituierte, ausnahmsweise, erklärte sie mir, die mich verachtete und mich zu einer brutalen Beziehung nötigte, die meine Lust erstickte, und mich als Bonus, wenn ich das im Hinblick auf meine immer schon mageren Finanzen sagen kann, ruinierte, ohne mir die Nervenberuhigung zu schenken, nach der mein glühender Kopf verlangte. Glücklicherweise spielte Sex zwischen uns keine große Rolle. Aber nachdem ich ihr begegnet war, und nachdem ausnahmsweise nicht die Erwähnung meiner Kriegserinnerungen Herzrasen und Magenkrämpfe ausgelöst hatten, sondern der Moment, als ich sie in einer Bar zum ersten Mal sah, konnte ich mich während der ganzen Zeit meines Fronturlaubs, den ich wegen ihr zwei Mal verlängerte, nicht von Lily trennen.

Ihr Haar war blond koloriert und durchzogen von *Sonnenreflexen*, wie ich bei dieser Gelegenheit lernte. Sie trug eine dicke Brille mit dünnem Gestell, die ihre Augen zu zwingen schien, sich weit zu öffnen, und die sie nie absetzte, nicht mal, wenn wir uns liebten, vielleicht weil es, wie sie ständig wiederholte, nicht wirklich Liebe war, was wir machten, sondern etwas anderes. In meiner Gesellschaft unterwarf sie sich, ohne dass ich ihr die geringsten

Anweisungen geben musste, einer strengen Kleiderordnung, die Hosen absolut ausschloss und einfache Kleider und Röcke, weder zu lang noch zu kurz, bevorzugte, meistens hellblau oder rot, manchmal mit Blumen bedruckt, die es nicht gab. Sie schminkte sich sehr gekonnt, verlieh ihrer Erscheinung Frische und Natürlichkeit, die nicht weiter von einem Naturzustand entfernt sein konnte, und ich hätte nicht zu sagen vermocht, weder am Anfang noch am Ende unserer Beziehung, ob sie hübsch war, ob sie schlank war und ob mir ihr Aussehen gefiel. Aber ich erwog mit größter Ernsthaftigkeit alles, was sie sagte, was wenig war, und vor allem ihr Schweigen. Ich liebte sie nicht, dachte ich lange, nachdem ich sie verlassen und wieder meinen Dienst angetreten hatte, dennoch brauchte ich sie.

Wir trafen uns ohne Ausnahme jeden Abend zwischen zehn Uhr und Mitternacht in einer dunklen und nicht sehr einladenden Bar in Montparnasse oder direkt in ihrer kleinen Wohnung, die mit dem Geschmack einer jungen Frau eingerichtet war, die vor allem Studentin bleiben wollte und ihre wenigen Kunden nicht mit billiger Spitze und Rosa umgab, sondern mit den Büchern, die sie liebte, und den Plakaten ihrer Jugendhelden, des selbst ernannten Subcomandante Marcos und Nelson Mandelas, außerdem mit einigen Porträts toter Dichter, ein Dekor, das mich seltsamerweise erregte, weil es mir jedes Mal, wenn ich in sie eindrang, das Gefühl gab, sie vom rechten Weg abzubringen. Sie war gar nicht so scharf auf Geld, wie mir schien (zweimal vergaß sie, sich bezahlen zu lassen), eher auf die Spannung, sich teuer genug an Männer, die sie vorerst selbst auswählte, zu verkaufen, um unkonventionell davon zu leben, ohne zu große Risiken und ohne sich allzu sehr mit ihnen einzulassen, sie verkehrte meist mit älteren Männern sowie ein einziges Mal, erzählte sie mir, mit einer Frau, und reiste in dem herum, was sie ihr von ihrem Leben erzählten, studierte sie in gewisser Weise einzig zu ihrem Nutzen, wie um eine Ausbildung zu vervollkommnen, während sie neben ihnen lag und mit zusammengekniffenen Augen vom Kopf bis zu den Füßen ihre Nacktheit prüfte, eigentlich so, wie sie tagsüber ihre Lehrbücher studierte.

Sie tat mir den Gefallen, zumindest stellte sie es mir so dar und ich hatte keine Lust, es nachzuprüfen, sich fast zwei Wochen ausschließlich mir zu widmen, und während dieser Zeit hatte ich das Gefühl, das ich in meiner Erinnerung trage, in ihrem Agapanthusduft (was ich mir als Agapanthusduft vorstellte) zu versinken, und ich erinnere mich auch, klar und wahrhaftig, mich stets an der Würde erfreut zu haben, die sie in allen Situationen bewahrte, unter mir, über mir und manchmal vor mir, und sogar, mich mit den kleinen Belehrungen zugleich amüsiert und genährt zu haben, die sie mir bei unserem Dutzend von Begegnungen gab, wenn sie mir riet, weniger zu trinken, mit den Drogen aufzuhören und mich ab und an zu waschen, während ich meinen Urlaub maximal auskosten wollte; sie meinte, mit diesem kurzen Moment des Vergnügens, dem im Urlaub genossenen Alkohol, den Drogen und auch den Frauen halte die Armee ihre Männer bei der Stange, das sei uralt und wohlbekannt, und sie selbst fühle sich in ihrem gegenwärtigen Dasein, auch wenn es nicht immer lustig sei, nicht so unglücklich und verrückt, dass sie ihre Verpflichtungen gegen meine eintauschen würde, wenn sie, um durchzuhalten, nach meinem Vorbild mehrere Wochen im Jahr jede Kontrolle verlieren und sich wie ein Tier benehmen müsste, nicht wie ein menschliches Wesen. Wenn sie mich, lebhafter als sonst, so belehrte und mit dem Finger auf mich zeigte, während ich es mir zum Zuhören auf ihrem kleinen Bett oder in einem Korbsessel bequem machte, dann, das muss ich sagen, interessierte sie mich über alle Maßen, fand ich sie anziehend, nicht dass sie mich dazu brachte, über meine gegenwärtige und zukünftige Situation nachzudenken, davon hatte sie keine Ahnung, aber der Ton, den sie dann anschlug und der auch freundschaftlich blieb, wenn sie mich mit ungerechten Vorwürfen überhäufte, die Worte, die sie benutzte und die im Wesentlichen direkt aus den Büchern stammten, die sie gerade gelesen hatte, alles war erträglich, wenn es von ihr kam, nachdem ich so sehr Geschmack an ihr gefunden hatte, das war wirklich alles, was ich verlangte, die gewöhnlichsten Dinge durch den Filter einer liebenswürdigen Person wahrzunehmen, das war alles, dachte ich, was ich von ihr erwartete. Vielleicht hatte ich zu diesem Zeitpunkt auch einfach nur das starke Bedürfnis nach einer Mutter, die eben nicht meine war, die ich bezahlte und deren Stimme mich beruhigte, aber nicht trug. Wie auch immer, unser Arrangement passte mir, und ich trennte mich jeden Morgen ohne große Umstände von Lily, wieder lebendig, das war mein Eindruck, das heißt, dass ich es schaffte, den Krieg in mir zu bändigen, ohne auf der Stelle total verrückt zu werden, und sobald ich durch die Tür ihres Hauses gegangen war, vergaß ich Lily, vergaß ich alles, was sie gesagt und was sie tatsächlich nur angedeutet hatte, bis zum Abend.

Soweit ich mich erinnere, waren die Leute in jenem Jahr mir, meinen Kampfgefährten oder ihrem eigenen Dasein gegenüber bemerkenswert gleichgültig. Die Atemlosigkeit und der ständige Wettlauf der ganzen Stadt in den Abgrund passten zu dieser Selbstverachtung, es war berauschend, berauschender, ehrlich gesagt, als meine langweilige Kampfzone. Alle Soldaten auf Heimaturlaub trafen sich in denselben Vierteln von Paris. Wir lebten intensiv, zumindest hatten wir das Gefühl, getrieben von der Angst vor einem vorzeitigen Rückruf im Fall eines Scharmützels oder eines plötzlichen Angriffs des Feindes (wobei ich manchmal mit einer Bierdose in der Hand mitten auf der Straße stehen blieb, weil mir durch den Kopf schoss, dass ich absolut nicht wusste, mich nicht mehr erinnerte, wer das war und wie er hieß, dieser Feind). Wir verbrachten nicht die Zeit miteinander, begegneten uns aber ziemlich oft und vergaßen nie, uns mit einem kleinen Nicken zu grüßen, es war besser, sich nicht total zu ignorieren, einfach deshalb, weil in dem Zustand der Euphorie – vorsichtig ausgedrückt –, in dem wir uns Tag und Nacht befanden, der lächerlichste Vorwand genügte, um eine Schlägerei vom Zaun zu brechen, die zwangsläufig böse enden würde, weil sie eine extreme Brutalität freisetzte, ohne die einige von uns, die Süchtigsten, nicht mehr auskamen. Ansonsten hofften wir, uns nie zu begegnen. Ohne reden zu müssen, ohne je zusammen gedient zu haben, kannten wir uns nur allzu gut … Und ich wusste, dass nachts, wenn sie in ihren schlimmsten Albträumen die vergiftete Luft ausstoßen mussten, die sie unvermeidlich aus Mali oder dem Libanon mitgebracht hatten und die ihre Lungen verstopfte, viele zu brüllen begannen … Im Gespräch hätten wir diese Schreie erwähnen müssen, sie wären wohl oder übel zur Sprache gekommen …

Ich war jedoch während meines letzten Urlaubs einem höchst interessanten Mann begegnet, eben dem, der mich ganz uneigennützig mit Lily zusammengebracht hatte. Wir waren uns sehr schnell nähergekommen, auch wenn der Begriff nicht ganz zu passen scheint. Er war Legionär und Fallschirmjäger, seit einigen Jahren in der Nähe von Aden stationiert, aber manchmal, das glaubte ich einigen Andeutungen zu entnehmen, die er in unseren ansonsten völlig unsinnigen Gesprächen machte, drang er mit einer kleinen, von ihm geführten Gruppe bis nach Damaskus oder Sanaa vor, anscheinend illegal. Im Gegensatz zu mir motivierte ihn das absurde Risiko, das er während seiner Einsätze einging, trotz eines fortgeschrittenen Alters (er selbst mokierte sich oft über sein Alter, sagte, er sei zu nichts mehr gut), das durch die Erfahrung nicht ausgeglichen wurde, nicht in der Legion, sagte er, nicht bei den Fallschirmjägern.

Vier oder fünf Nachmittage in Folge hatten wir bei einem Glas in der sehr hell erleuchteten, von tausend Lichtern strahlenden Bar gegenüber meinem Hotel geplaudert, die uns das Gefühl gab, zwei Sterne mit halb geschlossenen Augen zu sein, während wir gleichzeitig wie in einem Schaufenster saßen (ab und zu richtete sich mein neuer Freund, mein Kamerad auf, als fahre er aus dem Schlaf hoch, drehte den Kopf nach allen Seiten und starrte mich am Ende misstrauisch an, als hätten wir zu viel gesagt) … Manchmal redeten wir nur ganz kurz, manchmal länger, und ich hatte den Eindruck, ihn besser zu verstehen als jeden anderen und er habe mich besser verstanden als jeder andere Mensch auf Erden. Er sprach von Grenzen, die uns zurückhielten, und anderen, die wir überwinden konnten; er sprach von dem, was er getan hatte, von erlittenen Wunden und zugefügten körperlichen Qualen, die man im Auge des Gegners ablesen konnte, auch wenn dieser Gegner keinen Ton von sich gab, die in seinem Auge einen ohrenbetäubenden Lärm verursachten, wie eine Explosion, die danach in den Blick des Henkers überging. Ich kam mir sehr klug vor, als ich sagte: Wenn ich in einer anderen, schwierigeren Epoche geboren wäre, wäre ich bereit gewesen zu foltern, ich hätte mit dem Messer getötet, wenn es nötig gewesen wäre, ich hätte ohne Probleme gehorcht, weil ich jung war und man nicht anders kann, als seine Jugend auszuleben. Ich sagte zu ihm: Letzten Endes gleicht sich unser Soldatenleben, meins auf meiner Seite und Ihres auf Ihrer. Erst am Vorabend meiner Abreise fragte er mich nach meinem Einsatzort, meinem Dienstgrad und meinem Posten, als würde die Wiederherstellung eines klaren, greifbaren Unterschieds zwischen uns, den er immer gespürt hatte, jetzt aber beim Namen nennen wollte, den Abschied vereinfachen, ihn weniger traurig und nachvollziehbarer machen. Ich bin bei der Fernmeldetruppe, Hauptfeldwebel im Vierundfünfzigsten, antwortete ich. Alles Weitere sagte ich lieber nicht.

Ich hatte bemerkt, dass ihn meine trockene, protokollarische und absolut lächerliche Antwort enttäuscht hatte und dass er, wäre er nicht so betrunken gewesen und immer noch von großem Durst gequält, auf der Stelle verschwunden wäre, empört, dass ich mich, nachdem ich stundenlang mit ihm angestoßen und seine Worte getrunken hatte, ihm, dem Veteran, immer noch nicht anvertraute. Besonders an diesem Tag hatte er eine Leichenbittermiene, sein ohnehin hervorstehender Kiefer schien angeschwollen, seine Wangen waren noch eingefallener als üblich, und wenn er den Kopf senkte, versuchte mir sein rasierter Schädel mein Spiegelbild zu zeigen. Aber er stand nicht auf. Irgendwas, mehr Schuldgefühl als Trunkenheit oder Müdigkeit, hielt ihn zurück. Und wie er es mit einem Kind getan hätte, um mich bei sich zu halten und zu erziehen, berichtete er mir verworren und atemlos von einer der Geheimmissionen, die er im Dienste Frankreichs erfüllt zu haben behauptete, zum größten Nutzen Frankreichs, wiederholte er überzeugt, ohne Angabe des Ortes, ohne Name oder Datum und ohne dass ich erfuhr, ob die Unbestimmtheit, die er pflegte, das Markenzeichen eines bescheiden gebliebenen Kriegers oder das eines Lügners war. Aber alles in seiner Geschichte, im Gegensatz zu meiner eigenen, keineswegs riskanten Situation, so geschützt, wie ich die meiste Zeit auf meinem Vorposten in der Wüste, im Innern einer gesicherten und befestigten Militärbasis war, alles klang für mich authentisch und entsprach der Vorstellung, die ich von meiner eigenen Zukunft gehabt hatte, als ich zu einer Nachrichteneinheit gekommen war: die hochmodernen Waffen, von denen ich nie gehört hatte, der kräftezehrende Marsch durch eine feindliche, mineralische und windige Natur (die Stiefel treten auf den Sand, ohne darin zu versinken, als erinnerte sich der Boden seiner Urvergangenheit als Stein) und die fanatische Kameraderie seiner anonymen Männer, die mir der Feldwebel, nicht ohne eine Träne zu vergießen, so wunderbar beschrieb und die, wie er behauptete, eben diese Anonymität gegen jeden gesunden Menschenverstand auch wahren wollten.

Von meiner anstrengenden und eifersüchtigen Beziehung zu Kérim beansprucht, hatte ich so ein Gefühl von Gruppenzugehörigkeit nie erlebt; dabei schien mir, als hätte ich mich ständig nach meiner eigenen Bande gesehnt. Es gab eine Zeit, da ich mich einzig für dieses Ziel mit Leib und Seele den anderen widmete, so hatte ich es tatsächlich empfunden, eine Zeit, da ich pausenlos an meine Freunde dachte, an die, die ich hatte und die mich enttäuschten, und an die, die zu haben ich träumte. Ich war zuvorkommend in ihrer Gesellschaft, treu bis zum Letzten, voller Nachsicht für ihre kleinen Treuebrüche, die ich nicht zu erklären suchte. Wenn ich dann allein war, aß ich, saß ich schlaflos neben einem Mädchen, das mich schon nicht mehr interessierte, versuchte immer noch, auch wenn ich an der Schäbigkeit zu kauen hatte, mit der sie mich behandelten, sie in meiner Fantasie zu erreichen und mir mit übertriebener Detailliertheit und Romantik den Teil ihres Lebens auszumalen, der mich nicht betraf. Von allen Bindungen schien mir die Freundschaft die wahrhaftigste und wichtigste. Zweifellos erklärte sich dieser Glauben zum großen Teil aus dem Stolz, den ich empfand, der beste Freund von Kérim San zu sein, dem Grundpfeiler unseres Viertels und Zentrum meiner damaligen Welt, dem hinreißenden und gefährlichen Kérim San. Und dann, eines Tages, war alles vorbei zwischen uns, wie *tot*, das ist das richtige Wort, und ich betrat den Weg zum Erwachsenenalter, zutiefst allein.

Nun aber, zurück in meiner Heimatstadt, holten mich die wehmütigen Erinnerungen an ein gemeinsames Leben ein, das mir immer als das ehrlichste und anständigste vorgekommen war; die Sehnsucht, die ich in Paris oder im Einsatz nie verspürte, überwältigte mich in C., wo alles so nah war, die Menschen, die Landschaft, als könnte man sie jederzeit mit dem Finger berühren, auch den Wald, den Berg, die Kathedrale, ein rotes Kleid, das weit entfernt vorbeiging … Als ich nach meinem ersten Besuch in der Klinik, heimgesucht von meinen eigenen Widersprüchen, bis zum Abend durch die Straßen von C. irrte, kehrte es zurück: Hier wurde man, ob man wollte oder nicht, mit dem Bild konfrontiert, das die anderen von einem hatten, bald würde es sein wie eine zweite Haut … Es war ein klein kariertes Bild, ich sah nur noch in Zerrspiegel einer engstirnigen Kleinstadt, voll, randvoll mit Erinnerungen. Ich war wie gehetzt, fühlte mich ständig beobachtet, wie ein Filmstar … Alle Fehler, die ich hatte, und jede Enttäuschung der Vergangenheit fielen mir wieder ein … Mehr als an jedem anderen Ort war ich versucht, im Sumpf meiner eigenen Erinnerung zu versinken …

Erst am Tag nach meiner Ankunft, nach einer unruhigen Nacht in einem erbärmlichen Hotel, das in den mittelalterlichen Mäandern des Zentrums lag, beschloss ich, meine Mutter zu besuchen. Ich hatte sie seit zwei Jahren nicht gesehen. Sie wohnte immer noch in C., auf einem der sieben Hügel der Stadt, in einem Haus ganz am Rand der Siedlung, das mit ihr gealtert war und sich verfärbt hatte. Wenn mir ein Zuhause blieb, dachte ich an jenem Morgen, als ich betrat, was ich nur mit Mühe die Orte meiner Kindheit nannte, und meine Beine die besondere Anstrengung eines steilen Anstiegs wiederentdeckten, wenn mir ein Zuhause blieb, befand es sich dort, linker Hand, im Innern der rußgeschwärzten Hütte neben den Gleisen, oder weiter hinten, in den gewundenen Sackgassen, die sich zufällig, ohne Planung und ohne jeden praktischen Grund ausbreiteten.

Am Ende des Aufstiegs, ihn gleichsam krönend, stand eine große, halbmondförmige Mauer mit gezackter Krone, die der Ausbreitung eines spärlichen Waldes weiter oben Einhalt gebot und die die Stadtverwaltung den Bewohnern des Viertels überlassen hatte. Seit vielen Jahren kamen die Jüngeren her und malten, ohne je frühere Werke zu überdecken oder zu beschädigen, mit grellen und brutalen Farben ihre Vorbilder und Helden, die meisten waren tot, Wasserköpfe mit übertrieben muskulösen Armen, die sie für fähig hielten, wie auch ich selbst geglaubt hatte, den Zynismus der Welt im Ganzen und die fehlende Wärme der Alten zu bekämpfen. Unterhalb dieser modernen Götter, gewissermaßen ihr Sockel, hatte jemand eine Liste von Namen angefangen, die ich zu meiner Zeit ergänzt hatte, wie jeder andere es tun konnte:

Heloten – Bauern – Sklaven – Maultiere – Straßenräuber – Mordechaj Anielewicz – ELN – Pferde, alle, seit dem ersten – Thomas Müntzer – André Peugeot – Piraten – Marx – Hexen und Hexer – Pariser – Volksarmee – Der ängstliche Galilei – Stokely Carmichael – Der ängstliche Kopernikus – Makandal – Zidane – Babeuf – Madrider – Berliner – Arbeiterinnen – Moby Dick – Louise Michel – Zapata – Weberinnen – Comte de Lautréamont – Lincoln – Jaurès – Machno – Molly Bloom – Abd al-Karim – Durruti – Victor Wallard – Eine Frau – Rimbaud – Toussaint Louverture – Sophie Scholl – Spartakus – Patrice Lumumba – Soldatenkomitees – Jaurès – Thomas Sankara – Garrincha – Afrikaner – Hausfrauen

So arbeiteten an diesem Ort die kleinen Bienen der Erkenntnis … Wenn man an der Mauer entlang bis zu ihrem höchsten Punkt ging, konnte man eine besondere Geschichte des Viertels und der Stadt durchlaufen (aber vielleicht gehörte sie eigentlich nur einer begrenzten Gruppe, ein paar Personen, und nicht Hunderten oder Tausenden) und erfuhr, dass dort ein besonderer Geisteszustand herrschte, bis zum letzten Büstenporträt, dem von Kérim, offensichtlich neuer und strahlender, das die anderen um einen Kopf überragte.

Er war mit einem hässlichen roten Hemd dargestellt, das ich ihn tatsächlich oft hatte tragen sehen und für das er zehn Jahre zuvor viel Spott abbekommen hatte und dann, da er sich hartnäckig nicht dafür schämte, Bewunderung. Seine Züge waren so grob wiedergegeben, dass man sich nicht vorstellen konnte, Kérim habe Modell gesessen, dem Künstler oder der Gruppe von Künstlern ein Foto gegeben oder auch nur grundsätzlich in das Projekt dieses Porträts eingewilligt – sicher hatte er diese Initiative ohne Wut abgelehnt, obwohl es, als wir jünger waren und die Personen an der Wand berühmter und weniger zahlreich, für uns keinen schöneren Erfolg gegeben hätte, als zu diesem Pantheon zu gehören (eine Szene fällt mir ein: Ich stehe neben Kérim auf dem Bürgersteig an der Ecke gegenüber der bemalten Mauer, es ist zwei Uhr nachmittags in jenem Sommer, aber ein tiefer Schatten bedeckt noch unsere Gesichter und Oberkörper, als habe sich der Tag verspätet, um unsere gleichermaßen hellen Augen zu schützen, und wir sehen in dieselbe Richtung, unser Atem nimmt denselben Rhythmus an, zweifellos denken wir auf gleiche Weise, und ich stelle mir vor, dass wir erregt sind und eins geworden und uns nicht berühren). Kérims Gesicht wirkte kupferrot und aufgedunsen, hatte etwas Indianisches, Mexikanisches, oder es trug Spuren seiner Krankheit, was letztlich vielleicht eine Intuition des Künstlers auf der Suche nach der Wahrheit des Modells, seinem künftigen Leiden war. Vor allem Kés Augen waren riesig, ekstatisch, wie Kugeln, die man nicht in die Augenhöhlen gesteckt, sondern nur draufgelegt hatte und die wie zwei Springteufel in ihren Schachteln im Begriff waren, dem Betrachter entgegenzuschießen. Es war das einzige Porträt, unter dem weder Name noch Datum standen.

Weil ich fürchtete, mehr noch bei als Kérim, meine Mutter sehr verändert zu finden und an ihrem schlechten Aussehen, ihren zusätzlichen Falten, ihren hängenden Schultern die Zeit zu ermessen, die wir getrennt gewesen waren, kam ich auf der Treppe zur ihrer Wohnung auf die Idee, sie zu überraschen, ohne auch nur daran zu denken, sie könne vor Schreck sterben. Im Hausflur griff ich nach dem Ersatzschlüssel, den meine Mutter, auch wenn sie zu Hause war, unvorsichtigerweise gleich links neben der Wohnungstür hinter einem Riss in der Tapete aufbewahrte. Ich schloss leise auf, betrat geräuschlos und plötzlich beeindruckt den kleinen Flur (die hochwertigen Möbel aus französischer Herstellung standen an ihrem gewohnten Platz, die Wände waren nicht neu gestrichen, der Garderobenständer drohte immer noch zusammenzubrechen), ich dachte nicht mehr an meinen Scherz, sondern: Meine Mutter hat sich hier eine so sichere Zuflucht geschaffen, dass sie nicht das Bedürfnis verspürt, sie durch besondere Vorsichtsmaßnahmen und eine gepanzerte Tür zu schützen, ich aber könnte nie eine solche Zuflucht besitzen, es würde auch nichts nützen, wenn sie sie mir überließe, um ihre Tage in einem Rattenloch zu beenden, wenn sie sie an mich weitergäbe, es würde auch nichts nützen, eine in jeder Hinsicht gleiche Wohnung im selben Gebäude zu kaufen oder Eigentümer an einem beliebigen Ort auf der Weltkugel zu werden, den man paradiesisch und sicher nennt … Mir fehlte die nötige Unschuld für das Leben, das sie weiterhin führte, trotz allem und gegen alles, gegen die Zeit … Ich gehörte ganz und gar zu meiner Zeit … Ich ging auf Zehenspitzen weiter, wollte mich an meiner Mutter rächen, ohne zu wissen wofür, wie ein Kind. Ich fand sie in der Küche, sie wandte mir den Rücken zu, machte sich an der Spüle zu schaffen. Ich sagte leise: Gu-ten-Tag-Ma-ma.

Sie antwortete nicht, und ich dachte erst, mein Stammeln sei daran schuld, ich hätte mehr genuschelt und geknurrt als gesprochen, ewiges Kind, sobald ich bei ihr war, also grüßte ich erneut, deutlicher, aber sie sagte nichts und drehte sich nicht um, und diesmal kam mir die Stille anders, vorsätzlich und strafend vor, ihr Rücken sprach eine klare Sprache: Ich weiß, warum du wiedergekommen bist. Da ich nicht wusste, was ich tun sollte, außer mich sinnlos zu wiederholen, wie jene Gespenster, die auf Ruhe hoffen, denen man jedoch nie das erlösende Wort schenkt, setzte ich mich, dann starrte ich eine Weile auf die Uhr, die rot an der Seite der Mikrowelle leuchtete, presste die Hand auf meinen grummelnden Magen, sagte mir, dass Kérims Toilette jetzt beendet sein müsste und dass in genau diesem Moment die meisten Menschen fast überall mehr oder weniger arbeiteten, um mehr oder weniger gut zu leben, nur ich nicht, dann richtete ich meine Aufmerksamkeit kurz auf das Radio, in dem Leute sich stritten und, während sie miteinander stritten, ihre Arbeit machten.

Nach sechs bis sieben Minuten, die mir nicht so lang vorkamen, trocknete meine Mutter ihre Hände ab, drehte sich halb um, hob den Kopf und sah mich an. Sie zuckte nicht einmal zusammen. Ohne die Augen von mir zu lösen, trocknete sie weiter sorgfältig ihre geschwollenen und geröteten Finger, und ich entdeckte in dem Blick, den sie auf mich richtete, unwillkürlich ein gewisses Misstrauen und Spuren der Enttäuschung, dass es nicht mein Vater war, der, von den Toten zurückgekehrt, an meinem Platz saß. Dabei hatten sich meine Eltern in meiner Erinnerung von Anfang an nie verstanden, ihr Einverständnis richtete sich nur auf mich und dann nicht einmal mehr das, und mein Vater war geflohen, um woanders zu enden. Meiner Mutter hatte er das Bedauern gelassen, nicht als Erste gegangen zu sein, ein Bedauern, das ich nach Kräften zu mildern versucht hatte, dann, nachdem ich zur Armee gegangen war, nicht einmal mehr das. Ohne mich aus den Augen zu lassen, stemmte sie die Hände in die Hüften und neigte leicht den Kopf, wie wenn man sich bemüht, etwas Eigenartiges zu verstehen. Du kommst nicht oft, sagte sie trocken.

Für einmal war ich versucht, mich zu rechtfertigen, ihr mein Leben ganz zu erzählen, mit allen Fallstricken, offen mit ihr zu sprechen, trotz ihres schwachen Herzens, von der Wüste und der Hitze und dem endlosen und ziellosen Hass, den ich dort zu bekämpfen beschlossen hatte, auf meine Art, als zögerlicher und scheuer Nachrichtentechniker, ich hätte ihr von Kérim erzählen können, um den sie sich wahrscheinlich wenig scherte, von Krankheit, von Papa, und dann von meinen jüngsten Schwierigkeiten, an Orten zu leben, wo sich keine anderen Soldaten aufhielten, ohne dass ich mich mit irgendjemandem anfreunden konnte, von meinen zunehmenden Schwierigkeiten zu leben … Aber ich wusste, dass die Vorwürfe meiner Mutter nicht anhalten würden und dass Eltern im Übrigen niemals die Anklage hören wollen, die sich im Geständnis von Kindern verbirgt, die ihre Familie verlassen haben und versuchen, ihr schlechtes Leben zu rechtfertigen, als wäre es bestenfalls die Folge einer Verkettung unglücklicher, zufälliger Umstände oder das Ergebnis von schwacher Erziehung und verdruckster Liebe – als wären nicht der Mindestpreis, den man bezahlen muss, um von seiner Familie befreit zu werden, Einsamkeit und Zweifel.

Ich wusste, dass meine Mutter im Grunde zufrieden war, und es war sinnlos, sie zu belasten. Sie fand mich verändert, wie so oft, aber heute zum Guten, sagte sie, und selbst meine Zurückhaltung, die mich daran hinderte, mit mehr als zehn Wörtern auf ihre Fragen zu antworten, und die ganz andere Gründe hatte als das Schuldgefühl, sie nicht oft genug zu sehen, fand Gnade vor ihren Augen. Sie war entspannt, sie sprach mit mir wie mit einem Freund.

Ich glaube, sie fand, ich sei jetzt als Geschöpf, für das sie lange genug verantwortlich gewesen war, in gewisser Weise fertig, auch wenn ich jenseits der dreißig weder verheiratet noch Vater war und ihre Hoffnungen auf ein besseres Leben für mich enttäuscht hatte. Aber auch das behauptete sie zu verstehen, sie bediente sich überraschender Ausdrücke und Wendungen, die ich nie von ihr gehört hatte, ich sei als Soldat gewissermaßen mit der Nation verlobt und sie sei auf ganz natürliche Weise mein Kind geworden, eins von Millionen. Sie lachte, diese Vorstellung gefiel ihr. Dann erwähnte sie wieder meine Kindheit und fragte mich unverhofft nach Neuigkeiten von Kérim, dessen Nachnamen sie meines Wissens zum ersten Mal nicht vorsätzlich entstellte. Ohne meine Antwort abzuwarten, stand sie auf und holte ein Klassenfoto, das sie kürzlich bei meinen Sachen gefunden hatte. Es stammte von meinem ersten Jahr in der Oberschule.

Ich erinnerte mich genau: Das Schulhaus war mit einem raffinierten System von Terrassen in einen Hang gebaut, als wäre es unmöglich gewesen, einen geeigneteren Platz zu finden oder der kulturellen Tradition der Gegend keine aberwitzige Referenz zu erweisen. Man hatte uns für das Foto auf der großen Aussichtsplattform versammelt, die uns als Hof diente, mit Blick auf die Sportanlagen dreißig Meter unter uns und auf den ganzen Berg, den man herankommen und uns aus allzu großer Nähe begutachten ließ. Kérim und ich standen in der letzten Reihe auf einer Bank, wir waren ungefähr gleich groß und hatten beide so viel Bart, wie unser Kinn und unsere Wangen hervorbrachten. Aber während ich in das Objektiv starrte und mich bemühte, nicht zu lächeln, nicht wusste, wohin mit meinen Armen, die ich nervös bald verschränkte, bald hängen ließ, und mich die Aufnahme schließlich in der lächerlichsten Pose erwischte, zur Seite geneigt und kurz davor umzufallen, hatte Kérim im Moment, in dem der Auslöser gedrückt wurde, den Blick zum Himmel gerichtet, hin zu den grauen Wolken, und schien weit oben eine andere Zukunft zu betrachten, zu früh erwachsen, ein entsetzliches Gewitter … Fluch, sagte ich mir, Fluch über die allzu perfekte Schönheit der Jugend; Fluch über jene, die ihren eigenen Gipfel erreichen, ehe sie zwanzig sind. Als dein Freund das letzte Mal hier war, sagte meine Mutter, haben wir uns das Foto lange angeschaut, er hat mir Sachen aus eurer Schule erzählt, die ich nicht wusste oder die ich vergessen hatte, und wir haben viel an dich gedacht. Weißt du überhaupt, dass er im Krankenhaus liegt? Ich wollte es dir schreiben. Hast du ihn besucht? Hat er dir gesagt, ob er bald rauskommt?, fragte meine Mutter. Er fehlt uns hier im Viertel, ohne ihn ist es nicht dasselbe.

Nachdem sich meine Überraschung gelegt hatte, empfand ich den Vorzug (das ist das Wort, das mir in den Sinn kam), den meine Mutter Kérim mir gegenüber gegeben hatte, indem sie ihn empfing, als unerträgliche moralische Überlegenheit und wurde wütend. Ich warf ihr vor, mich nicht benachrichtigt zu haben, davon und von allem anderen, meine Abwesenheit ausgenutzt zu haben, die, wie sie wusste, absolut gerechtfertigt war; ich bedauerte, dass sie ohne meine Einwilligung über mich sprach, erst recht mit Kérim, den sie immer ignoriert hatte, falls sie sich erinnerte, überhaupt, mit wie vielen meiner alten Freunde, die ihr doch immer suspekt gewesen waren, hatte sie das Gleiche gemacht? Ich war tief betroffen vom Ton meiner Vorhaltungen, aber ich konnte einfach nicht aufhören. Schließlich sagte ich ihr, dass ich Kérim am Vortag gesehen hätte und dass ein Mal wahrlich ausreichte, er solle bleiben, wo er sei … Da merkte ich, dass ich eine Grenze übertreten hatte, unwichtig welche, und ich erinnere mich an den Blick, den meine Mutter auf mich richtete … Es war der vom Briefträger, den ich unten getroffen hatte, es war der von den Gästen des Bistros am Marktplatz, die ihren Kaffee trotz der Kälte am frühen Morgen im Stehen draußen tranken und das Kommen und Gehen im Viertel überwachten, der von Kérim am Vortag, auch meiner, als ich noch hier gelebt hatte, eine Mischung aus Mitleid und Verachtung, belebt von einer Wut, die niemals schläft … Ich hatte vergessen, dass man so von seiner eigenen Mutter angesehen werden kann … Stammelnd, fast entschuldigend sagte ich, ich könne nicht länger bleiben, und ging überstürzt hinaus. Ohne innezuhalten durchquerte ich das Viertel zu jener hungrigen Stunde vor dem Mittagessen, weit entfernt von meinem früheren Geisteszustand, *rollin' down the street, smokin' indo, sippin' on gin and juice*, und um für eine Weile der staubigen Landschaft meiner Kindheit zu entrinnen, wo trotz der zahlreichen Mietshäuser und einem kleinen Turm keine Erhebung über die Vergangenheit, über die Regeln der Vergangenheit möglich schien, hob ich die Augen zum Berg, der hinter den Dächern eine dunkelgrüne Mauer bildete und den Horizont verstopfte; obwohl die Dämmerung noch weit weg war, glaubte ich zwei riesige Scheinwerfer über den Himmel streichen zu sehen, deren Strahlen sich regelmäßig auf dem Gipfel trafen und ein zartes Kreuz, das dort stand, als sei es direkt aus den Wolken gefallen, in ihr Licht tauchten. Ich verstand nicht, was diese Lichter kundtaten, die Kreise auf den weißen und leeren Himmel zeichneten, und wozu sie gut waren. An diesem hoch gelegenen und für Autos unzugänglichen Ort befand sich, wenn ich mich nicht täuschte, nur eine Einsiedelei, von der ich immer geglaubt hatte, sie sei verlassen und von Gespenstern bewohnt, und ihr gegenüber ein kleines Hotel, das vor allem Pilger aufnahm. Aber kaum war diese Erinnerung zurückgekehrt, verschwand sie wieder und ich dachte an etwas anderes, während ich starr vor Kälte den Hügel hinunterlief.

Der Mond spreizte sich noch am blauen, abweisenden Januarhimmel, und ich dachte einen Moment an die Nacht im Osten, dort, unter dem Zelt, an den Schlaf und an die Nacht eines unvergleichlichen Sommers.

2

Ich ging am Fluss entlang bis zu meinem Hotel, und als ich außer Atem in meinem Zimmer stand, starrte ich lange in den Badezimmerspiegel. Ich fühlte mich schlapp, von einem starken Fieber gepackt, das nur eingeschleppt sein konnte, ich aß nichts und verbrachte den Nachmittag im Bett, fürchtete um mein Leben, wenn ich mich hinauswagte, versuchte ab und zu, Morini im Basislager zu erreichen, nicht aus Sorge, wobei mir meine Nützlichkeit vor Ort größer schien als seine, sondern um ein wenig saubere Wüstenluft zu atmen oder in der Stimme meines Vertreters zumindest ihre Wohltaten wahrzunehmen. Niemand antwortete. Ich weiß nicht einmal, ob ich die richtige Nummer gewählt hatte. Von der anderen Seite der kleinen Straße schien die Fassade, die ich durch das Fenster sah, mit ihren breiten, vom Regen gemalten Streifen näher zu kommen, ich versuchte sie zu ignorieren, indem ich mich auf den Fernsehschirm konzentrierte, ohne eins der Bilder zu begreifen, die in wildem Tempo vorbeisausten, Naturkatastrophe, Rede, französische Panzer in der Gluthitze, oder hundert Mal nach meinem Buch griff, dem Bericht einer Patrouille während des Zweiten Weltkriegs. Ich war außerstande, hinauszugehen. Als ich schließlich einschlief, ohne mich ausgezogen zu haben, hatte ich einen Traum, einen von denen, die beim Aufwachen weitergehen und dich antreiben zu handeln, zu handeln.

Ich war im Zimmer eines nicht gerade luxuriösen, aber sehr angenehmen Hotels, ohne Protzerei, *continental* war das Wort, das mir in den Sinn kam. Die einen Spalt geöffnete Glastür führte zu einem Strand, und von meinem Platz aus sah ich Palmen mit winzigen braun gefleckten Blättern. Ich konnte noch nicht aufstehen und den Blick auf das Meer genießen, das ich erahnte, dessen Geruch mich erreichte. Ich durfte mich nicht auf den Sand wagen, in dem, das wusste ich, zahlreiche Sprengfallen und Minen vergraben waren. Aber ich konnte meine Arme bewegen und den Kopf drehen: Neben mir lag eine schlafende Frau, die mir den Rücken zuwandte. Dann war ich plötzlich draußen, mit meiner rätselhaften Gefährtin, die, nicht im Aussehen, sondern eher, wenn ich so sagen darf, in ihrer Seelenfarbe einer früheren, seit Langem aus den Augen verlorenen Liebe ähnelte, wir waren im Begriff, ein fremdes Land zu erkunden, sogar sein Name war mir unbekannt, gequält von der Hitze, aber aufgeregt wie zwei Touristen. Wir überquerten zunächst eine dieser riesigen Brücken, die mechanisch bewegt werden, um sich für die Durchfahrt von Hausbooten und Ausflugsdampfern zweizuteilen, in der Mitte der Brücke öffneten wir eine Falltür und stiegen hinab, um die Innereien des Monsters (so sagte ich zu meiner Gefährtin, die wenig überzeugt das Gesicht verzog) zu besichtigen und zu versuchen, als Ingenieure (aber ich glaube, es war mehr Berufung als Beruf) das Räderwerk zu verstehen. Als ich wieder nach oben kam, war die Frau verschwunden. Aber ich suchte nicht nach ihr. Und von diesem Moment an hatte ich nicht nur die Gewissheit, in China zu sein, sondern auch, die Verpflichtung zu haben, eine Woche länger in dem Land zu bleiben, und zwar allein (ich wusste, dass die Frau nicht wiederkommen würde), ehe ich heimkehren konnte (wo das war, fragte ich mich nicht, aber es war sicher, dass jener Ort in jeder Hinsicht das genaue Gegenteil von dem darstellte, wo ich mich gerade befand, und ich fragte mich auch nicht, ob mich bei meiner Ankunft jemand erwarten würde, die Frau ohne Namen oder eine andere). Dann verbrachte ich den größten Teil meiner Tage, die sich bis zur Endlosigkeit dehnten, damit, auf der Brücke, die mir jedes Mal länger vorkam, hin und her zu laufen, während an den Uferstraßen, zu denen ich aus Untätigkeit hinunterging, die mächtigen Lagergebäude zu wachsen schienen, je länger ich an ihnen entlanglief, die riesige Berge von Tierkäfigen beherbergten, manche leer, manche wackelnd und piepsend wie kurz vor einem Aufstand, dachte ich. Niemals verließ ich bei meinen diversen Wanderungen die Grenzen eines ratsamen Radius von meinem Hotel aus. Allerdings war mir, auch wenn ich immer noch das Gefühl hatte, in China zu sein, die gesprochene Sprache nicht gänzlich unbekannt, ich verstand mühelos die Buchstaben und ihren Sinn, dachte ich stolz, dazu war keine Anstrengung mehr nötig. Ich glaube, mich weckte die abgrundtiefe Langeweile, die ich etwa in der Mitte meines Aufenthalts empfand.

Im folgenden Halbschlaf wirbelten viele Gedanken durch meinen Kopf, und als es mir gelang, die Augen ganz zu öffnen und die Wände meines trostlosen, düsteren, wie in der Vergangenheit stecken gebliebenen Zimmers anzustarren, fragte ich mich, aus welchem Grund ich, einem Impuls folgend, den ich immer noch nicht verstand, nach C.

zurückgekommen war. Aber sogleich blockierte eine Schranke meine Gedanken: Ich war es nicht mehr gewohnt, infrage zu stellen, was ich tat … meine tiefere Motivation und den Sinn jeder Regung … Sieben Jahre zuvor, genau zu dem Zeitpunkt, da ich C. und Kérims Einfluss, das von Kérim getaktete Leben für ein Trainingslager im Osten verlassen hatte, hatte ich beschlossen, nicht mehr nachzudenken und mich auch nie mehr unentschlossen zu zeigen, das war damals für mich identisch, sondern immer meinem Instinkt zu folgen, komme, was da wolle. Diese irrationale Methode hatte mir zwar geholfen, mich von C. zu entfernen, und mich in gewisser Weise dazu gebracht, es zu *schaffen*, was, wusste ich noch nicht, sie hatte zwar eine Zeit lang funktioniert, mich aber auch dazu getrieben, zurückzukommen, also einen Kreis zu schließen, während ich meinte, einer geraden Linie zu folgen, als hätten mich meine Jahre in der Armee, meine Jahre des Ausweichens und der Flucht nicht grundlegend geprägt, als wäre ich letztendlich nur ein kaum betroffener Zuschauer meines eigenen Daseins gewesen und hätte in all der Zeit, da ich glaubte, mein Leben allein, also mit gewissem Verdienst zu lenken, nur ignoriert, was mir wirklich wichtig war, hätte die Lösung bestimmter Probleme auf später verschoben, die in diesen letzten Tagen zurückgekommen waren und mich verfolgten, mich schließlich beherrschten und meine Schritte lenkten.

Aber was für ein Gefühl der Befreiung hatte ich empfunden, als ich sieben Jahre zuvor meine Sachen packte, obwohl ich weder wusste, was ich mitnehmen sollte, um die dantesken Gewaltmärsche zu mildern, noch wie ich meine

Psyche an die strenge Hierarchie und an die unausweichlichen Befehle gewöhnen würde, was für ein Freudenschrei und was für ein Windstoß der Freiheit während der langen Zugfahrt: Die Landschaft war so öde, dass keine Erhebung mir den Blick verstellte, und ich konnte mit den Augen einen natürlichen Feind suchen, um ihn zu besiegen, vielleicht die Tonnen von Schlamm und Geröll, die den blutjungen Mann, der ich damals war, herausforderten, einen Feind, den ich mir mit Geduld und List zum Verbündeten machen könnte … Die Wäldchen hier und da boten eine hervorragende Deckung, man hätte sich ewig darin verstecken können, in einem Krieg gegen die Natur, ohne Namen, ohne Frieden … Aber das war wohl noch die Sichtweise der Freunde, die ich verließ, die meiner frühesten Jugend, der Gesellschaft, die ich verachtete, und ich spürte in diesem Moment deutlich, dass mir das Wesentliche entgangen war.

Später, als ich in den Schlafsaal kam, der mir zugewiesen wurde, als ich meinen Kameraden begegnete und ihre Angst teilte, der Sache nicht gewachsen zu sein, ihnen, die noch mehr als ich Freiwillige waren und hofften, ihren eigenen Willen zu überbieten, als ich wie die anderen zwanzig Männer meiner Gruppe, mehr oder weniger synchron, strammstand, mit einem Schlag endgültig mit meinem früheren Leben brach, fühlte ich plötzlich, dass ich durch mich selbst existierte; auf brutale Art und Weise hatte ich meinen Platz gefunden. Die Kraft, einzig die Kraft zählte fortan für mich. Deshalb machte es mir nichts aus, Tag und Nacht herumzukraxeln und eine Nähe zu ertragen, unter der die meisten Rekruten litten und der man unmöglich entgehen konnte, und wäre es auch nur für ein paar Stunden – für mich war es wie ein aufregendes Spiel. Jeden Morgen war ich als Erster auf den Beinen. Ich machte mein Bett, reinigte meine Ausrüstung und bügelte pfeifend meine Uniform. Ich nahm Verstauchungen, Blasen und sogar abgerissene Nägel mit Dankbarkeit hin, überzeugt, der Schmerz sei eine notwendige Erinnerung an meine Situation. Ich war nichts mehr, strebte nach nichts mehr. Ich wollte in Zukunft niemand mehr sein oder einfach eine Waffe, ein Knüppel, ganz nach Belieben; dennoch, weil mein Übermaß an Begeisterung ebenso ansteckend war, wie es ein Übermaß an schlechter Laune gewesen wäre, und weil meine Kameraden und ich in ständigem und geradezu wildem Wetteifern, den größeren, nie da gewesenen Einsatz zu beweisen, uns bei zwei aufeinanderfolgenden Aufklärungsübungen ausgezeichnet und beim zweiten Mal sogar unserem Begleitoffizier geholfen hatten, den Weg wiederzufinden, wurde ich zum Gruppenführer ernannt, was, das begriff ich sofort, eher ein Zwang war, der mein gegenwärtiges Glück zerstören konnte, als eine Ehre. Aber die Armee hatte ihre eigene Logik von Beförderung und Belohnung, vermutete ich, ihre eigene Vorstellung in dieser Frage und von mir, vielleicht hatte sie mein Potenzial besser erfasst als ich selbst. Und da mir überdies, entgegen jeder Erwartung, der Gehorsam, nicht überlegt oder begründet oder widerwillig hingenommen, sondern absolut, größte Freude bereitete, akzeptierte ich die Beförderung ohne jeden Widerspruch, geradezu gerührt.

Ich bedauerte es nicht: In dieser Rolle entfaltete ich mich, blühte sozusagen auf, und nach drei Wochen war die

Gruppe, nicht zuletzt dank meiner Fürsorge, extrem zusammengewachsen, auf eine Weise, die mich geradezu beunruhigte. Wir hatten die Unangepassten, die unser Vorankommen bremsten, eliminiert, ein paar Männer, die nicht wussten, was sie wollten, und die eine klare Ansage brauchten, was sie wollen sollten, die meisten gaben von selbst auf, nachdem wir ihnen ein oder zwei Demütigungen zugefügt hatten, die zu den alltäglichen hinzukamen, Zahnpasta auf ihrer Uniform und in den Schuhen, manchmal ein gestelltes Bein in der Kantine, während sie ihr Tablett trugen und uns auszuweichen suchten, ganz in der Nähe der Offiziere, die nicht reagierten und es sogar, wenn sie uns beim Lärm des Sturzes die Köpfe zuwandten, gutzuheißen schienen. Ein Typ allerdings widersetzte sich, er war aus den Ardennen und ließ keine Gelegenheit aus, sich über die veraltete Ausrüstung und die seiner Meinung nach inkompetenten Vorgesetzten zu beklagen oder über uns, weil wir ihn bei den Übungen, die ihm größte Schwierigkeiten bereiteten, weder unterstützten noch ermutigten, er verausgabte seine Energie in immer zahlreicheren und absurderen Beschwerden, die Solidarität müsse in der Armee Vorrang haben, das sei die Grundlage für alles, sagte er, er schimpfte über das schlechte Wetter und seinen Bettnachbarn, der nachts mit den Zähnen klapperte, über die Muselmänner und die Schwarzen, wie er sich ausdrückte, die er irgendwie für seine Verpflichtung verantwortlich machte, weil sie offenbar ein ständiges Streitthema mit seiner Exfrau gewesen waren. Dabei spürte man, dass er eigentlich selig war, bei uns zu sein und ohne Ende zu meckern, bis er vielleicht eines Tages die Gründe für seine Unzufriedenheit ausgeschöpft hätte. Komischerweise hatte ich das Gefühl, ein Stück seiner Kritik zu teilen, das war mein böser Geist von früher, der nicht kapitulierte, der versuchte, mich zu überzeugen, nie an meinem Platz und nie zufrieden zu sein, wenn ich in meiner Wachsamkeit nachließ, in den ansonsten göttlichen Minuten, bevor ich im Schlaf versank wie ein Stein. Ich ahnte, dass es genau das Gejammer war, das ich selbst noch wenige Monate zuvor von mir gegeben hätte. Jetzt aber verband sich keine Regung, kein Gefühl mit dieser Meckerei, die mich anders, kalt und verwandelt fand, als betrachtete ich Fische in einem Aquarium, bewunderte das Schauspiel ihrer Farben und ihrer Bewegungen, aber im Bewusstsein, den Gesetzen eines völlig anderen Elements zu folgen, das mir besser passte.

Die Tage vergingen, meine Männer, die er immer weiter reizte, ersannen für den Ardenner bei improvisierten Beratungen die grausamsten Strafen; die vorgeschlagenen Vergeltungsmaßnahmen und ihre Beschreibung wurden schließlich unerträglich, jedenfalls für mich, der ich mich vorsichtig zurückhielt. Da sie sich gegenseitig an Sadismus zu übertreffen suchten, sich aber nicht einigen konnten, wandten sie sich an mich, den Gruppenführer, und ich musste entscheiden. Ich begriff, dass es nichts nützen würde, sie davon abzubringen, und akzeptierte das Prinzip einer Einschüchterung, schließlich wateten wir alle von früh bis abends durch den Schlamm, und zwar ohne je zu protestieren, obwohl zwei von uns Asthma hatten und ein anderer mehr als hundertzehn Kilo wog. Es gelang mir jedoch, sie zu überzeugen, zunächst nicht zu brutal vorzugehen. Wir begnügten uns damit, dem armen Teufel eines

Nachts, als er endlich eingeschlafen war, eine Plastiktüte über den Kopf zu ziehen, während ich ihm unsere Warnung ins Ohr flüsterte. Ich weiß nicht, ob er meine Drohungen wirklich hörte, während er panisch und geräuschvoll nach Luft rang. Ich rechnete damit, dass wir ihn den Rest der Nacht weinen hören würden oder dass er sofort aufspränge, um sich ein weiteres Mal beim Kommandanten zu beschweren, aber nachdem er wieder zu Atem gekommen war, vernahmen wir keinen Laut mehr vom Bett des Ardenners, nicht mal ein Seufzen oder ein Quietschen des Betts. Niemand ging nachsehen, ob der Mann noch am Leben war. Er verließ das Lager am nächsten Tag ohne ein Wort, in seinem Blick, den ich am Morgen kurz gekreuzt hatte, die lauernde Furcht und die Wildheit, die wir gern seit Beginn unserer Ausbildung darin gesehen hätten. Ich glaube, er war aus Charleville.

Trotz allem packten mich hin und wieder Müdigkeit und Mutlosigkeit, wenn uns die Prüfungen das Äußerste abverlangten, dann dachte ich an meine Mutter, an C. und an Kérim. Ich fragte mich, was sie gesagt hätten, wenn sie gesehen hätten, wie ich wild herumrannte, mich hinwarf oder wie ein Irrer durch die Gegend sprang und dabei im Glück badete. Meine Mutter hätte kopfschüttelnd geweint. Und Kérim hätte das gleiche Gesicht gezogen, wie wenn er jemanden traf, den er nicht sehen wollte, er hätte das Kinn etwas vorgeschoben, ein paar Sekunden ins Leere gestarrt, dann hätte er auf dem Absatz kehrtgemacht und nie mehr ein Wort mit mir gewechselt oder noch einmal an mich gedacht, bester Freund hin oder her. Ich könnte nicht sagen, ob ich es in jener Zeit brauchte, mir seine Missbilligung vorzustellen, als eine Art Ermutigung, um durchzuhalten, ob ich es, um mich selbst zu retten, brauchte, dass er in meinen Gedanken die entgegengesetzte Richtung verkörperte, die ich nicht hatte einschlagen wollen. Aber im Laufe der Jahre hatte ich meine ursprünglichen Absichten, mein Fortgehen, das mich zerrissen, befreit und zerrissen hatte, vergessen, und wenn ich darüber nachdachte, schien der, den ich im Krankenhaus wiedergesehen hatte, nichts mehr mit der herablassenden, stumpfen Person zu tun zu haben, die meine Entscheidungen missbilligt hätte, ohne auch nur einen Moment zu versuchen, sich an meine Stelle zu versetzen – aber war ich dazu besser imstande? Und mit den Jahren hatte ich manchmal den heftigen Wunsch verspürt, ihn wiederzusehen und mit ihm meine ganze Jugend wiederzufinden, der ich so schroff den Rücken gekehrt hatte.

Um vier Uhr früh fuhr ich frisch und erholt aus dem Schlaf. Ich duschte, ohne mich zu beeilen, wusch mich gründlich, dann rasierte ich mich und zog mich sorgfältig an: beigefarbene Leinenhose, dunkles Hemd, die geputzten groben Stiefel; den gebürsteten Mantel legte ich vorsichtig auf die Rückenlehne eines Sessels, den weichen, wärmenden Schal wickelte ich mir schon mal um den Hals. Dann setzte ich mich auf mein Bett und wartete. Um halb sieben duschte ich noch einmal, aus Sorge, mich zu stark parfümiert zu haben und Kérim damit vielleicht zu belästigen. Als ich wieder saß, überkamen mich Hitzewallungen, aber ich wollte mich nicht hinlegen, auch nicht ganz kurz, um meine Sachen nicht zu zerknittern. Punkt neun Uhr schließlich machte ich mich mit rissigen Lidern auf den Weg ins Krankenhaus. Kérim war nicht sicher gewesen, ob ich vor dem Ende wiederkommen würde, sagte er mir sogleich. Aber er schien froh, mich zu sehen.

Von diesem Tag an nahmen wir den Lauf unserer Freundschaft wieder auf, als wäre er nie unterbrochen worden und als hätte, gegen jede Vernunft, keiner von uns sich verändert. Die Vernunft hätte uns beide gerettet, mich zumindest, und uns die Dummheit erspart, eine Partie zu wiederholen, deren Ausgang schon vorher klar war – kein zweiter Anlauf bei Freundschaften, das ist so. In der Liebe ganz sicher, da ist Blindheit immer möglich und wünschenswert, aber nicht in der Freundschaft. Gegen diesen Tatbestand gibt es ebenso wenig stichhaltigen Widerstand wie gegen die Krankheit, es gibt kein *aber*, das stichhaltig wäre, es gibt kein *es reicht*, das stichhaltig wäre. Kérim, krank und hellsichtig aus dem Traum seines Daseins aufgetaucht, hat das vielleicht schneller verstanden als ich. Aber ich weigerte mich damals, ihn erneut zu verlassen, sicher zunächst aus Stolz; ich klammerte mich an meine eigene Erbärmlichkeit, an das Idealbild, das ich noch immer von Kérim hatte, vielleicht an das Verlangen nach einem Jungbrunnen. Und die tausend Fragen, die ich ihm zu stellen hatte, oder eher die Zweifel an allem, an mir selbst und an den anderen, die ich ihm plötzlich mitteilen wollte, eine ständige Flut, die meine Gedanken überschwemmte und die er, wie ich dachte, in seinem Zustand, der ihn zu bestimmten Wahrheiten führte, die normalerweise außer Reichweite waren und die ich obendrein selbst erfahren musste, auf wunderbare Weise zurückweichen und verschwinden lassen konnte – all diese Fragen verschwieg ich bei meinem zweiten Besuch und auch bei den vier folgenden. Vielleicht war es Höflichkeit, vielleicht war es eine Strategie, um am Ende die Antworten zu bekommen, die ich bekommen wollte. Auf jeden Fall belästigte ich, anstatt ihn ohne Umwege nach seinem Zustand zu fragen, was er von mir erwartete und was sich für ihn gehört hätte, mehrere Tage hintereinander alle Krankenschwestern, die sich an Kés Krankenbett abwechselten, und sogar eine Ärztin mit meiner Angst vor Mikroben und meiner Sorge um Hygiene, die ich, nach den genervten Reaktionen zu urteilen, welche ich unweigerlich auslöste, zu einem bis dahin unbekannten Extrem trieb.

Der andere Grund, aus dem ich die in Gedanken so oft wiederholte Befragung hinausschob, lag darin, dass ich mich an Kés Zimmer gewöhnen musste. Dieses Zimmer war, anders, als ich später hier und da las, kein Lichtbrunnen, kein reiner Ort der Meditation oder das Allerheiligste, das man liebenswürdigerweise beschrieben hat, in dem ein Mann diente, der ans Ende seines Wegs gelangt war und sich durch die Offenbarung seiner eigenen Sterblichkeit in einen großen Weisen verwandelt hatte, auch wenn, wie ich bald feststellte, Männer und Frauen jedes Alters und jeder Art sich im Eingangsbereich der Station drängten. Sie hofften, mit dem erneut berühmten Kérim San zu sprechen, den viele in C. persönlich kannten, der nun jedoch mit der zusätzlichen Aura umgeben war, die die Massen überzeugte, wie die Fernsehsender und viele regionale Zeitungen meldeten: Man fürchtete, er werde sterben, bevor er alle Projekte, die er zum Allgemeinwohl angestoßen hatte, zu Ende geführt, ein gutes Wort gesprochen, einen höchst nützlichen Ratschlag erteilt, den Jüngsten gesegnet oder bestenfalls Beichten und Gewissenskonflikte angehört habe. Aber es war unmöglich, dass so viele Ahnungslose und Egoisten die Hämatologie betraten, wo alles so ernst und folgenschwer war, undenkbar, dass sie sich in Kés Zimmer drängten, wo man sich noch verantwortungsvoller verhalten musste als irgendwo sonst – denn wer beschlossen hatte, ihn zu sehen und seine Tür zu öffnen, war für seine Gesundheit verantwortlich. In dieser kleinen Welt von drei mal vier Metern, auf die sich jetzt Kés ganzes Dasein beschränkte, war Sauberkeit die wichtigste aller Obsessionen, die den vier Wänden und sogar dem Tageslicht ihre Farbe verlieh. Außerdem veränderte sich jede Wahrnehmung dadurch, dass es fast unmöglich war, herumzulaufen oder sich hinzusetzen, und dass man unter dem Kittel, unter dem Mundschutz, den Handschuhen und der Plastikhaube, die man bei jedem Besuch sorgfältig anlegen musste, stark schwitzte und Angst hatte – ich hatte den Eindruck, es gehe ein wenig darum, ein Unbehagen hervorzurufen, das ganz entfernt dem des Patienten ähnelte, um dadurch eine Empathie zu erzeugen, die man nicht unbedingt oder gar niemals empfand, weil man diesem Ort und der Situation so fremd war, als besuchte man das Innere eines U-Boots oder eines Raumschiffs.

Ké war ständig mit mindestens zwei Flüssigkeitsbeuteln an einem Haken verbunden, immer rechts von seinem Bett, niemals links, und manchmal mit einer beeindruckenden Maschine, sechs große Spritzen unter Glas, die ihm für einen programmierten Zeitraum so viele farblose Produkte einflößten, wie die Ärzte hatten erfinden können, nachdem eine Krankenschwester vor Verlassen des Zimmers den Code eingegeben hatte, der die Sicherheitssperre aufhob. Auf der anderen Seite des Betts stand ein großes Tablett, das als Tisch für die Mahlzeiten diente, sonst lagen dort Informationsbroschüren, die Kérim nicht las, und zahlreiche Zustimmungsformulare, die er zu unterschreiben hatte, aber auch Pillen in unterschiedlicher Form und Größe, die er nehmen musste und die im Allgemeinen gleich dort mit einem Mörser zerdrückt wurden, damit sie seine von der Chemotherapie entzündete Speiseröhre passieren konnten. Neben diesen praktischen Installationen, den Kabeln, die durch das ganze Zimmer verliefen, und dem speziell ausgestatteten, voluminösen Bett, hatte Ké, wahrscheinlich, weil jede Zeitschrift, jedes Kleidungsstück, um das er bat, jedes Geschenk, das man ihm brachte, zunächst sterilisiert werden musste, nur sehr wenige persönliche Dinge um sich, die das anonyme, sterile, feindselige und abweisende Zimmer etwas aufgeheitert hätten.

Aber daran und an alles andere gewöhnt man sich, wenn man sich Mühe gibt, sagte ich mir, wie man sich auch an Disziplin, schlechtes Essen oder den Umgang mit dem Tod gewöhnt. Dennoch muss ich sagen, dass ich selbst nach einigen in seiner Gesellschaft verbrachten Tagen eines nur schwer ertrug, weil es mir der Beweis einer krankhaften Blindheit zu sein schien: Trotz seines gezeichneten Körpers und obwohl es offensichtlich war, behauptete Ké, nicht krank zu sein, einzig die Behandlung habe ihn geschwächt und angegriffen. In diesem Punkt hatte er nicht ganz unrecht, wie ich kurz darauf erfuhr. Seine Leukämie, eine akute Leukämie, war diagnostiziert worden, nachdem Ké an Armen und Beinen blaue Flecke entdeckt hatte, die ohne Grund entstanden und nicht weggingen, aber zu diesem Zeitpunkt verspürte er weder Unwohlsein noch Schmerzen, erzählte er mir, es ging ihm gut, er war geradezu in Hochform, so lebendig, kraftstrotzend und ausdauernd, wie ich wahrscheinlich in diesem Moment (bei dieser Bemerkung errötete ich unter meinem Mundschutz und empfand eine schändliche Regung von Wohlbehagen), eigentlich war er damals in der Form seines Lebens, zumindest glaubte er das aus heutiger Sicht. Vielleicht hatte er sich hier und da etwas müde gefühlt, aber wer würde bei dem Leben, das zu führen wir gezwungen waren, ohne sich zu irren und ohne sich lächerlich zu machen, behaupten, dass diese Müdigkeit und dieses Unwohlsein mit einunddreißig Jahren eher von einer unwahrscheinlichen und praktisch unheilbaren Krankheit verursacht wurden als durch Schlafmangel, Sorgen und Stress? Und zu der Zeit verließen sich viele Leute auf mich, das war immer so, fuhr Kérim nach langem Schweigen fort, und ich dachte, ich könnte es mir nicht leisten, schwach zu sein, dann verstummte er, ohne mehr zu erklären.

Als das Übel einmal festgestellt und benannt und Kérim selbst gewissermaßen auf die Rolle des Schwerkranken reduziert war, nachdem er, noch ungläubig, zwei zusätzliche Bluttests verlangt hatte, obwohl die Ergebnisse des ersten so erbärmlich waren, dass sie keinen Zweifel erlaubten, und er dadurch nur Zeit verlor, nachdem man ihm schließlich in aller Ausführlichkeit die Risiken erklärt hatte, die er einging, wenn er sich einer Behandlung verweigerte, nämlich, um nur die häufigsten zu nennen, generalisierte Hämorrhagie, Schlaganfall oder Lungenembolie, war er in einem sterilen Zimmer eingesperrt worden und die Chemotherapie hatte begonnen, die fast sofort seinen Organismus angegriffen und versaut hatte, nicht nur die Monsterzellen, sondern auch die gesunden, also seinen ganzen Körper. Alles schleifen, alles zerstören, dann auf gesunden Fundamenten neu aufbauen, wenn welche blieben: Ich hatte gesehen, wie Länder auf diese Weise behandelt wurden, warum also nicht ein einzelner Mann und eine einzelne Krankheit?

Ké äußerte sich nie über seine Qualen. Sie ließen sich leicht erahnen (vielleicht hatte ich die Neigung, sie zu übertreiben, sie unmenschlich zu machen: Das war, dachte ich, das, was uns ganz sicher trennte, was bewies, dass wir beide, er und ich, jeder in seiner Haut und an seinem Platz blieben) an den Stigmata, die mir bei meinem ersten Besuch aufgefallen waren und die ich schon beschrieben habe, die weder stärker wurden noch sich vermehrten, aber deutlich sichtbar blieben, als verhöhne die Krankheit ihren Wirt und das Gift, das er sich freiwillig in die Venen spritzen ließ. Trotz allem jammerte er nicht über seine Schmerzen. Ich vermutete, dass Ké, wie es der Ratgeber für Kranke, die Familie und die Angehörigen, den ich mir besorgt hatte, darstellte, unter Übelkeit, entsetzlichem Durchfall und unvorstellbaren Kopfschmerzen litt, aber er zeigte nie etwas davon, er rannte kein einziges Mal während meiner Anwesenheit zur Toilette oder ließ mich einen meiner Besuche abkürzen, und da er so verbarg, was er fühlte, hatte ich den Eindruck, dass er seine von der Leukämie verstümmelte Seele, seine eigene Natur aus Scham oder Trotz vor mir zu verbergen suchte. Aber der Geist sucht immer weiter, nicht wenn er soll, sondern wenn er will, ein wahrer Inquisitor: Unbewusst versuchte ich unter der sich schälenden, von scharlachroten Flecken übersäten Haut, unter den wund gelegenen Stellen, hinter den glasigen Augen meinen guten alten Ké wiederzufinden; der Mann, den ich kannte, riss gern Witze, dieser hier scherzte nicht mehr, dieser hier schimpfte nur noch.

Ich glaube, wenn ich bei ihm war und ihn Tag für Tag aufmerksam auf seinem Krankenhausbett beobachtete, suchte ich in seinem Blick und seiner Haltung auch die Spuren des Straftäters, der Kérim gewesen war, obwohl er, soweit ich weiß, nie von der Polizei gesucht worden war oder Bekanntschaft mit dem Gefängnis gemacht hatte, sodass er, wenn er seine geheimnisvollen – früheren und gegenwärtigen – Aktivitäten erwähnte, immer noch von seinen *Geschäften* reden konnte; es war unfassbar, aber tatsächlich sah er jetzt, ohne dass ich hätte erklären können, wie ich darauf kam, wie ein Banker aus, der ängstlich auf den unwahrscheinlichen Wendepunkt einer schwierigen Lage wartet, der seinen Hals retten würde. Und während ich ihm einen Großteil des Tages in dem winzigen Zimmer gegenübersaß, erkannte ich ebenso wenig den außerordentlich intelligenten Mann wieder, den ich so lange begleitet und bewundert hatte, der mir im Grunde beigebracht hatte, *nachzudenken*; Kérim war jetzt kategorisch, wenig überzeugend und selbstbezogen, wie es in solchen Fällen normal ist, seine unstillbare Neugier und sein umfassendes und vielfältiges Wissen hatten sich offenbar mit seiner Gesundheit verflüchtigt. Um gerecht zu sein, muss ich hinzufügen, dass der Mann, der mir gegenüber Bosheit und Groll an den Tag gelegt hatte (das war das letzte Bild, das ich von ihm bewahrt hatte, wie wohl auch er meine Undankbarkeit und Charakterschwäche verflucht hatte), ebenso verschwunden war, nichts schien von demjenigen übrig zu sein, der sich von mir getrennt hatte, wie man sich von einem Angestellten trennt, mit dem man unzufrieden ist, als ich, besorgt über meine eigene Zukunft und immer weniger geneigt, den Plänen zuzustimmen, die Ké für mich entwarf, Anstalten gemacht hatte, mich zu entfernen und eine andere Meinung zu haben als er – um die ganze Wahrheit zu sagen, fand ich, wenn ich ihm zuhörte und ihn jeden Tag besuchte, überhaupt nicht viel von der Vergangenheit wieder, Ké schien seine alte Haut abgestreift und die Krankheit einen vollkommen neuen Menschen aus ihm gemacht zu haben. So viel war in den sieben Jahren geschehen!

Nicht geändert hatten sich allerdings seine Fantasie und die ausgesprochene Neigung zu Rätseln und Verschwörungen, erwiesen oder nicht, die ich immer an ihm gekannt hatte. Mehr als einmal erwähnte er mir gegenüber nicht seinen gegenwärtigen Zustand, über den er mir absolut gar nichts offenbarte, sondern die möglichen Ursachen seiner Krankheit, wobei er die aberwitzigsten Hypothesen, zumindest kamen sie mir so vor, aufzählte und ausmalte. Aus dem Dickicht seiner Darlegungen ging hervor, dass diese Leukämie seiner bescheidenen Meinung nach nur ein Virus sein könne, diesbezüglich hätten die Hirngespinste der Ärzteschaft keinerlei Gewicht, ein Virus, den er sich unglücklicherweise eingefangen habe und dessen Ursprung ein anderer Mann, so etwas wie ein verrückter und unheilvoller Gelehrter, gewesen sei, dann viele andere Überträger vor ihm – damit war klar, dass sich Ké nicht nur keineswegs für das verantwortlich fühlte, was ihm widerfuhr, sondern dass der Virus für ihn ein menschliches Gesicht angenommen hatte. Und ich glaube, dass dieser Virus, nach den ausführlichen Beschreibungen, die er davon gab, in seiner ausschweifenden Fantasie nacheinander das Gesicht der Menschen annahm, die er am meisten hasste; eigentlich bin ich fast sicher, dass er ihm die meiste Zeit das Aussehen seines älteren Bruders verlieh.

Dann wieder war es so, als beschreibe er lediglich ein Gefühl, eine Ahnung, die ihm die Leukämie eingeflößt hatte und die mit ihr verschmolz, nun wurde seine Krankheit zur grenzenlosen Angst, die er hatte, aber nicht aussprach, und die sich wie ein Fluss bei Hochwasser diesen Weg bahnte, um sich zu äußern, oder auch das Stückchen Tod, das wir alle in unseren Zellen tragen, eine grauenvoll verzerrte Maske, die sich wohl nachts mit den Fieberattacken in sein Zimmer schlich und reglos und geduldig neben ihm stehen blieb … In meiner Vorstellung, da Ké mich nach meiner Meinung fragte, glich das Virus zunächst mit Nägeln gespickten Kugeln, wie es uns das Fernsehen auf dem Höhepunkt von Aids gelehrt hatte, als wir Kinder waren, aber wenn ich länger darüber nachdachte, sagte ich Kérim am nächsten Tag, stellte ich mir die Erreger seiner Leukämie eher wie Insekten vor, Millionen unsichtbarer und geschäftiger Insekten, oder auch wie winzige Krabben, die sich von seinem Blut ernährten, daher auch ihre kräftige Farbe (sogleich widerten mich diese banalen und verletzenden Bilder an, ich fühlte mich schuldig, ihm davon erzählt zu haben – da ich mich nicht in ihn hineinversetzen konnte, verletzte ich ihn pausenlos).

Eine andere Vorstellung, die Ké, wahrscheinlich trotz der wiederholten Verneinung durch seine Ärzte, hartnäckig in seinem Kopf nährte und inzwischen für sicher hielt, war, dass seine Gene ihn verraten hatten und dass vor allem seine Eltern ihm ein Übel vererbt hatten, an dem sie selbst nicht litten, das sie aber bei ihm abgeladen hatten, als sie stumpfsinnig ihre gegensätzlichen Gene für ihn mischten, so seine Vorstellung, seine Mutter, die als Fünfjährige die Türkei verlassen hatte, und sein Vater, dessen aus Laos stammende Familie sich schon vor drei Generationen in Frankreich niedergelassen hatte, Laos, wo Kérim nie gewesen war, das er sich aber immer als einen sumpfigen Dschungel vorgestellt hatte, einen Kulturbrei, der die schlimmsten Infektionen beförderte. Seine gemischte Abstammung war für Ké immer schon ein unlösbares Problem gewesen, besser gesagt nicht weniger als ein Fluch, und er hatte das, was er selbst als Schwäche ansah, wie er mir einmal anvertraut hatte, mit dem Mantel des Schweigens bedeckt, ganz tief in sich vergraben, er sprach nicht darüber, erkannte es nicht an, aber prügelte sich bei einem Wort, einem Blick, und riskierte damit, es zum Schlüssel seines Seins zu machen.

Da er seinen Vater ebenso wenig mochte wie seine Mutter, hatte er sich nie zwischen zwei so unterschiedlichen Ursprüngen entscheiden können, er leugnete sie einfach, hoffte, es allein zu etwas zu bringen, wie man so schön sagt, hatte nie versucht, wenn so etwas überhaupt möglich war, daraus eine Synthese zu schaffen – bis jetzt, bis zu der Krankheit, die sein Gesicht so sehr veränderte, dass es sich sozusagen der einander überlagernden Abstammungen und der Traumata der Herkunft entledigt hatte, die Kérim so quälten, seine Züge hatten sich paradoxerweise befreit, gelangten durch die Gnade größten Leidens zu Gleichgewicht und Harmonie, ohne dass auf seinem Gesicht auch nur das geringste Anzeichen für etwas geblieben wäre, das einem Unbekannten, einem Rassisten, der ihn angesehen hätte, aufgefallen wäre. Das sah Ké nicht, und selbst wenn ich ihn darauf hingewiesen hätte, hätte er es nicht verstehen wollen, alles, was er in seinem kleinen Taschenspiegel sah, war, dass seine Eltern Besitz von seinem Körper ergriffen hatten … Er hatte jetzt eine riesige Nase, rot und krumm, die Nase seiner Mutter, und die hervortretenden Augen seines Vaters, geschwollen von Schlafmangel und den Schmerzen. Die Krankheit, die ihm seine Eltern vererbt hatten, machte sich im Spiegel ganz objektiv über ihn lustig … aufgebracht, wie er gegen seine Familie war, von der niemand ihn besuchen durfte, als bräuchte er jemanden, um ihn zu hassen, jemanden aus Fleisch und Blut … Jemanden, den er so brutal, dreckig und abwegig wie nur möglich beschuldigen konnte, da er nicht direkt und offen gegen die widersprüchlichen Gefühle angehen konnte, die ihn sein Leben lang zerrissen hatten, sein Leben als *Kameltreiber* und *Schlitzauge* … Und so tobte er vor mir, in seinem schallisolierten Krankenzimmer, beschimpfte seine Eltern als *Arschlöcher* und *Irre*, als *Schwachköpfe*, als *Kameltreiber* und *Schlitzaugen*, er kotzte sein ganzes genetisches Elend aus, das ihn, wie er meinte, bis in diese sterile Zelle geführt hatte.

Dann, bei meinem sechsten oder siebten Besuch, vielleicht, weil er sich unbefangener fühlte als am Anfang, verkündete Ké, in Wirklichkeit müsse seine Krankheit sexuellen Ursprungs sein. Anders als ich genierte er sich danach kein bisschen bei der drastischen und detaillierten Beschreibung der zahlreichen und, wie es klang, stets stürmischen Beziehungen, die er in den letzten Jahren gehabt hatte, mit, aber ich muss zugeben, dass ich ziemlich schnell aufhörte zu zählen, mindestens hundert Mädchen. Er war nie so schamlos gewesen. Ich stellte mir vor, dass er nachts, wenn ihn die Schwestern mit ihren Kontrollen endlich in Ruhe ließen, verzweifelt war, kein Verlangen mehr zu empfinden, und, nachdem er mühsam seine Hose runtergeschoben hatte, lange auf seinen schlaffen, kleinen und lädierten Penis starrte. Tagsüber sprach er in meinem Beisein über nichts anderes als darüber, was er nicht mehr tun und empfinden konnte, wieder und wieder, das war alles, was ihm blieb. Vielleicht sprach er auch eher mechanisch über seine früheren Großtaten, um Konversation zu machen, auch wenn es ihn schmerzte, schilderte er lieber die Zeit, da er aus seiner Sicht noch ein Mann war, als seinen jetzt hoffnungslos leeren und absurden Alltag. Auf jeden Fall wurden seine Äußerungen, je öfter ich kam, bei diesem Thema, ehrlich gesagt bei jedem Thema, immer ungezügelter (auch wenn sie, um dorthin zu gelangen, einem offenbar labyrinthischen oder steilen Weg folgen mussten). Kérim sagte mir immer wieder, an Leukämie zu leiden platziere ihn weit jenseits der üblichen Grenzen des Glücks, des Anstands, des Rechts, jenseits der allgemein anerkannten sozialen Regeln. Er sei eingesperrt, er entscheide nichts mehr für sich selbst, beklagte er, er werde gewiss sterben; er müsse teuer bezahlen, also könne er alles sagen, was er wolle. Und in dieser Hinsicht brauchte er mich, glaube ich, wirklich, konnte er nicht ohne Weiteres auf mich verzichten. Ich sei der Einzige, der ihm wirklich zuhöre, wiederholte er, er habe nur noch mein freundschaftliches Ohr.

In verschiedener Hinsicht erinnerte ihn diese Situation, in der er mit dem Rücken an der Wand stand, an seine am Rand des Gesetzes verbrachten Jugendjahre, als er angefangen hatte, sein Leben ausschließlich illegal zu verdienen, und nur mit mir und einigen anderen, in die er absolutes Vertrauen hatte, darüber sprach, während es ihm weiterhin gelang, allen anderen, auch seinen Eltern, ein Bild von Normalität und größter Liebenswürdigkeit zu präsentieren. Aber plötzlich machte das ungeschminkte Heraufbeschwören dieser Zeit von Banditentum, Erpressung, Diebstahl, Drogen- und Waffenhandel, Geiselnahme und Gewalt aus seinem Mund, dieser Zeit, die er nicht bedauerte, der er geradezu nachtrauerte, am Ende meines Freitagsbesuchs unsere noch instabile Vertrautheit zunichte. Was er mir damals nicht gänzlich offenbart hatte, erzählte er mir jetzt, er machte mich zum späten Zeugen des Bösen, das er getan und von dem ich bisher kaum die Hälfte geahnt hatte, und, wie ich empört feststellte, zum Komplizen, indem er auf unerträgliche Weise relativierte, nicht zu rechtfertigende Taten ins rechte Licht rückte – sein Leben, sagte er leichthin, sei nicht viel anders gewesen als das eines Soldaten, mit Verbündeten und Gegnern, seinen heiklen Geheimnissen und der Gewalt, die dazugehöre. Und während die infrage stehenden Tatsachen selbst nahezu verjährt waren und er mir überdies einmal mehr ausführlich für meine Treue an seiner Seite dankte, hatte ich plötzlich das Gefühl, Kérim nutze mich aus, räche sich auf seine Weise für mein Fortgehen vor sieben Jahren, ich sei im Grunde nur ein zufälliger Vertrauter (vielleicht hatte er Dutzende, Hunderte Mails schicken lassen, identisch mit der, die ich erhalten hatte, vielleicht hatte er nicht einmal ernsthaft mit meinem Kommen gerechnet), den er aus Angst vor der Einsamkeit mit offenen Armen empfangen hatte, dem jedoch, eigentlich wie damals, das, was er war, sein schlechtes Wesen und die Ursprünge dieser Wesensart immer fremd bleiben würden. Deshalb verließ ich das Krankenhaus an jenem Tag gegen siebzehn Uhr, fast zwei Wochen nach meiner Ankunft in C. und ohne weitergekommen zu sein, ziemlich besorgt und deprimiert.

Den ganzen Samstag dachte ich in meinem Hotelzimmer daran, abzureisen. Ich fühlte mich ausgenutzt und dumm, aber auch seltsam befriedigt: Ich bin ohne Hintergedanken zu ihm gekommen, sagte ich mir, ich dachte, ich hätte meine Pflicht erfüllt, Kérim hingegen habe vorsätzlich das Band zerrissen, das wir neu geknüpft hatten, indem wir von unserer Vergangenheit sprachen. Alle Schuld schien bei ihm zu liegen, und ich wollte diesen klaren, unbefleckten Groll gegen ihn, den ich seit dem Vortag hegte, ausnutzen, diese negative Energie, die mir helfen würde, nach Übersee zurückzukehren, und die mich dort, in der Wüste, noch monatelang in Alarmbereitschaft halten würde. Aber während die Stunden vergingen, ließ meine Wut auf Kérim nach, rann mir wie Wasser durch die Finger. In einem Moment beschloss ich, mich von meiner Mutter zu verabschieden, öffnete die Tür, schloss sie wieder; dann verzichtete ich auf alles, selbst darauf, mich zu bewegen, langweilte mich schließlich und suchte im Internet nach Flügen, schloss versehentlich die Seite, schlug mit der Faust auf den Tisch, weinte ein bisschen, legte mich hin, fing von vorn an. Gegen sechzehn Uhr ging ich, mit den Nerven am Ende, raus und nahm, einer Eingebung folgend, den nächsten Zug nach Paris. Während der Fahrt begleitete mich wenigstens der treue Mond, der über Wäldern und Feldern hing, und mein Traum von einer Reise ohne Rückkehr konnte erblühen.

Einmal angekommen, hatte ich nur den Gedanken im Kopf, Lily zu finden und sie zu zwingen, sich bis über beide Ohren in mich zu verlieben – sie mit in das Loch zu ziehen, in das ich gefallen war. Aber sie wohnte nicht mehr an ihrer alten Adresse, und als ich wieder in der Metro saß und beliebig die Linien wechselte, war ich ratlos, wusste nicht, wo ich anfangen sollte, sie zu suchen, und warum ich mich plötzlich auf ihre Fährte begab, und ich begann rumzuziehen, ohne jede Lust rumzuziehen, von einem roten Trottoir zum anderen, von einer blauen Bar zur anderen, in der ich manchmal aus vollem Hals »Lily!« brüllte. Ich erinnere mich nicht mehr an Einzelheiten meines Herumirrens (vielleicht hätte ich meinen Bericht damit beginnen, dabei bleiben und mich auf das einzige Abenteuer beschränken sollen, das wirklich zählt – *ich bin allein, ich habe mich in mein Inneres zurückgezogen und erwarte nichts mehr*), nur daran, dass ich methodisch und hartnäckig trank, wie ein Soldat, wenn ich so sagen darf, meine lebendigen oder toten Kameraden zu Hilfe rief, strandete, dann wieder ein Gläschen trank, und es war, als würden mich an jedem neuen Tresen die anderen Trinker durchschauen und von mir wegrücken wie von einem Pestkranken. Draußen lag die Stadt wie menschenleer, jedenfalls war es, wenn man jemanden traf, der entschlossen war, der eisigen Kälte zu trotzen, unmöglich, ihn anzusprechen.

Als sich schließlich meine Beine weigerten, mich weiter zu tragen, und ich einen Laternenpfahl umarmen musste, um nicht umzufallen, stellte sich ein Mann vor mich hin, in Zeitlupe, so kam es mir jedenfalls vor, in Zeitlupe schwankend. Das ist ja eine Überraschung, Herr Hauptfeldwebel, sagte er, na so was. Ich konnte die Augen noch so zusammenkneifen, allein den Kopf zu heben verlangte eine unerhörte Anstrengung, und ich erkannte den Mann nicht, seine Gesichtszüge verschwammen vor mir, bewegten und überlagerten sich, und von diesem Aufruhr wurde mir schwindlig. Das ist ja eine tolle Überraschung, sagte der Mann, ich bin es, der Feldwebel, doch, doch, Sie erkennen mich, Herr Hauptfeldwebel, sind Sie immer noch Hauptfeldwebel? Der Mann versuchte nicht, seine Trunkenheit oder seinen erbärmlichen Zustand, sein von blauen Flecken und Kratzern übersätes Gesicht und seine dreckstarrende Kleidung zu verbergen, er trug sie stolz, nicht verschämt und zurückhaltend wie ich, sondern aggressiv und eroberungslustig in der Trunkenheit, so war mein Eindruck. Er redete ohne Atempause. Ich bin es, der Feldwebel, ich habe Sie von Weitem gesehen, fuhr er fort, ich hing irgendwo da drüben, schlief auf dem Boden meinen Rausch aus und streichelte das undankbare Pflaster, zeichnete für mich allein das absolut niederschmetternde Bild meines Daseins, ziemlich besoffen, muss ich zugeben, da sagte ich mir, das kann doch nicht sein, ich sage es Ihnen, da drüben war ich, auf meiner Seite, ich existierte auf meiner Seite, in meinem Straßenwinkel, versteckt und verrufen, es fing gerade an zu regnen, die Stadt saugte sich mit Wasser voll wie Pappmaschee und sackte zusammen, aber ich habe Sie trotzdem erkannt, und ich hätte gewettet, dass Sie mich auch unter Tausenden erkennen würden, obwohl es ein paar Monate, fast ein Jahr her ist, dass wir uns gesehen haben, obwohl sich die Zeit bekanntlich für jeden anders anfühlt, ich habe so gern mit Ihnen geplaudert, ehrlich, ich hatte gehofft, Ihnen würde es genauso gehen, wobei manchmal, schließlich kann man sich nicht immer perfekt verstehen und einig sein, jetzt jedenfalls, jetzt habe ich mehr Zeit (ich schwöre Ihnen, ich existiere in meiner Zeit, wie jeder beliebige andere, auch wenn Sie nicht mehr bei mir sind), alle Zeit der Welt, um an unsere kurzen Begegnungen zurückzudenken, weil ich nämlich den aktiven Dienst quittiert habe, schon vor vier Monaten, letzten September, das sind so Sachen, die man im September macht und wer weiß, ob unsere kleinen Plaudereien nicht ihren Anteil an meiner Entscheidung hatten, sagte der Feldwebel, wer weiß, ob nicht Sie mir die Augen geöffnet haben, wie der Prophet dem Gläubigen die Augen öffnet, der nicht wusste, dass er einer ist, mit Ihren gebügelten Hemden und Ihrem adretten Auftreten, als kämen Sie aus dem Krieg, wie man vom Einkaufen kommt, unerschüttert und traurig, ich scherze natürlich, aber ich sehe Ihnen an, dass es nicht der richtige Moment ist, Sie auf den Arm zu nehmen, bitte vergessen Sie, was ich gerade gesagt habe, nehmen wir an, ich wollte einfach etwas anderes machen, als ich die Armee verließ und meine Kameraden im Stich ließ wie Hunde, schlimmer als Hunde, ich glaube, ich hatte die Schnauze voll vom Morden und von dem Zittern, das danach nicht mehr wegging, das kennen Sie nicht, in der Hinsicht gehen Sie kein Risiko ein, außerdem macht sich der Alkohol bemerkbar, der am Ende mein Talent und mein Temperament verdorben hat, ich bin nicht mehr gefährlich, kein bisschen, so harmlos, wie Sie mich hier sehen, ich habe jetzt alle Zeit der Welt, um nichts zu tun, umso besser, ich nutze sie, um in der Gegend hier rumzuirren, die so gut ist wie jede andere, alle zu suchen, die ich aus Wertschätzung für sie nicht meine Freunde nennen würde, sagen wir Bekannte, die Leute nämlich, die ich getroffen habe und die mir alle etwas gebracht haben, jeder auf seine Art, eine kleine Flamme, sodass ich ihnen gegenüber eine Schuld fühle, jetzt hab ich mehr Zeit und mehr, als ich brauche, und ich muss das zurückgeben, was ich bekommen habe, aber um ehrlich zu sein, die Gesellschaft hier, Place Clichy und Umgebung, auch Richtung Pigalle, ist etwas enttäuschend, es fehlt an Qualität, nicht an Quantität, das kann man nicht sagen, also stellen Sie sich meine Freude vor, auf Sie zu treffen, wie das Leben so spielt, ehrlich gesagt war ich ziemlich verzweifelt, bevor ich Sie eben getroffen habe, nicht selbstmörderisch, nein, einfach nur verzweifelt, dann habe ich Sie geradewegs in meine Richtung kommen sehen, und plötzlich war ich kein bisschen verzweifelt mehr und immer noch nicht selbstmörderisch, sofort sind mir alle unsere Plaudereien eingefallen, mindestens sympathisch und manchmal fesselnd, so ein bereichernder Austausch sollte jeden Augenblick bis zu unserem Hinscheiden füllen, ich erzählte von Ereignissen und Konsequenzen, von denen Sie wenig wussten, und Sie über Ihren Alltag als Funker, von dem ich kaum ahnte, dass es ihn gibt, ich im ewig neuen Sturm des Abenteuers unserer Väter und Sie im Abenteuer von heute, sicherer, hinter einem Monitor, hinter Ihrer PABX-Konsole (hieß sie nicht so?), höchstens in einer mobilen Funkstation *Carthage* (hieß sie nicht so?), kommen Sie weg hier, sagte der Feldwebel plötzlich, verschwinde, Amir, befahl er in Richtung eines Schattens, der sich uns näherte oder sich schon entfernte, das konnte ich nicht sagen, es passt jetzt nicht, ich spreche mit einem Waffengefährten, verschwinde, sagte der Feldwebel, und wir, wir gehen irgendwohin, wo wir in Ruhe reden können, dieser scharfe Wind würde noch die besten Absichten entmutigen und das erste interessante Wort fortreißen, das wir aussprechen wollten, gehen wir an einen dunkleren Ort, wo Sie nach Belieben reden können, auf, auf, sagte er und nahm meinen Arm, gehen wir wenigstens in die Ecke da, ich halte Sie, versprochen, ich führe Sie, rechter Fuß linker Fuß hoch die Knie, das ist der Moment, sich an die Befehle zu erinnern, Kleiner, es liegt keinesfalls an mangelndem Respekt, dass ich dich so packe, um die Taille, Kleiner, verstehst du, du verstehst doch die Gesetze der Notwendigkeit, andere, die empfindlicher und weniger selbstsicher sind, kann man nicht anrühren, ohne dass sie losbrüllen, aber nicht du, in meinen Händen sträubst du dich nicht, du schmilzt in meinen Händen, was für ein Glück für diese Hände, zu führen und zu trösten und zu beruhigen, du kannst es dir nicht vorstellen, zu liebkosen, obwohl sie jemanden erwürgen können, ohne dass ich nachdenken muss, uff, wenn ich mir das erlauben darf, schließlich ist es möglich, dass der Mund schimpft, während die Hand liebkost, du kommst mir ziemlich schwer vor für deine Größe, ich meine für einen Soldaten im Einsatz, aber so ist es, kaum ist man zurück, hat einen die Zivilisation mit ihren Lastern schnell wieder gepackt, es ist immer dasselbe, überall, wir werden sozusagen dessen beraubt, was wir doch ziemlich mühsam im Krieg verdienen, was wir dem Krieg, dem echten, entreißen, wir werden der kriegerischen Substanz beraubt, die uns hier wie dort dienen soll, pass bloß auf mit dieser gemeinen Stufe, sie hat einen schlechten Ruf hier, und der Mann, dessen Name ich immer noch nicht wusste, den ich immer noch nicht wiedererkannte, führte mich in eine Gasse und setzte mich auf eine zerbrochene Bank oder einen Berg Müllsäcke, dann trat er zurück, um mich anzusehen, wie man ein Kunstwerk bewundert, oh, oh, in dieser Sekunde offenbart sich deine Schönheit für den, der zu sehen versteht, und ich verstehe zu sehen, solange das Licht vernünftig ist, ich würde nicht sagen, dass ein zu starkes und zu ordinäres Licht Selbstmordgedanken nährt, aber es bohrt sich mir in die Augen und weiter ins Gehirn und dahinter durchlöchert es meinen Hinterkopf, Dunkelheit ist ein Trost für mich, für meine Augen, die zu viel unter zu grellem Licht gesehen haben, wenn nur nicht dieser Wind und dieser verfluchte Regen wär, was hältst du davon, auch in Ermangelung eines einladenden Tischches und eines Kellners und Gläsern einen Schluck zu trinken, zum Glück habe ich zufällig einen Schnaps bei mir, ausgewählt aus einem höchst persönlichen Vorrat, eine Flasche, die mir meine Tochter zum Geburtstag oder zu einem anderen Fest geschenkt hat, ein Geschenk voller Unschuld, sagte der Mann, sicher gefiel ihr das Etikett, natürlich konnte sie nicht wissen, was sie damit befördert, die dumme Gans, auf jeden Fall glaube ich, dass dieser Likör etwas ganz Besonderes ist, und sein Geschmack soll uns an die Kindheit erinnern, an die Unschuld, die wir in Ehren halten, an die Zärtlichkeit, die wir in Ehren halten und die irgendwann als Soldaten zu verteidigen wir geschworen haben, kommen Sie, nehmen Sie einen Schluck direkt aus der Flasche, nur keine Umstände, auch wenn Sie so aussehen, als könnten Sie rein gar nichts mehr schlucken, außer Ihrer Zunge, hoffentlich beißen Sie sich nicht gerade die Zunge ab (jetzt war das Siezen wieder da), Sie sagen ja gar nichts, das ist beunruhigend, ich habe das Gefühl, dass ich mich Ihnen gewissermaßen durch die Beichte mit Leib und Seele ausliefere und nichts zurückbekomme, da, ein bisschen davon wird Ihnen die Zunge lösen, es sei denn, ich trau mich nicht weiter vor, nicht jeder hat meinen Geschmack (Amir? Amir? Bist du da? Komm, bring mir die Tasche!), und ein im falschen Moment beim falschen Gesprächspartner präsentiertes Angebot ist wie eine ungeeignete Waffe, ein Fehler, auf den Sie mit Ablehnung ohne Erklärung oder Grund antworten könnten, das wäre beleidigend, ich halte mich für widerstandsfähig und ausdauernd und solide, aber das ertrage ich dann nicht, also bleibe ich auf der Hut, fluchtbereit, wie Sie es gelernt haben, ohne es zu nutzen, und wie ich es eher aus Verpflichtung gelernt habe, ich habe mir gesagt, da Sie eh schon abgefüllt und vom Wunsch beseelt sind, für einen Moment den Folgen und Härten der Trunkenheit zu entkommen, akzeptieren Sie vielleicht diese Kostprobe von höchster Qualität (Amir!), als Auftakt, nicht eines Teilens, das Ihnen nichts einbringen würde, sondern eines Kaufs, wohlgemerkt, ich spiele Ihnen nicht Großmut und Uneigennützigkeit vor, nur das Geschäft besiegelt dauerhafte Beziehungen, wie ich sehr spät entdeckt habe, zu meinem Schaden, das können Sie glauben, es bringt Verkäufer und Kunden in vorteilhafte und bewährte Positionen, in denen die Protagonisten alles vorher wissen, keine Überraschung ist möglich, außerdem beginnen authentische Beziehungen mit einem Austausch, das berichten die größten Denker und aufmerksamsten Beobachter der menschlichen Gesellschaft in verschiedenen Werken, und wenn Sie mir nicht Ihr Blut überlassen, dann vielleicht Ihr Geld, natürlich nur, wenn Sie auch mit dem Kauf, dem Verkäufer und der Ware zufrieden sind, ich verheimliche Ihnen nichts, ich bin scharf auf den Gewinn und voller Ehrgeiz, nach meiner ergebenen Ansicht (Ergebenheit steht dem, der verkauft, gut zu Gesicht) ist Teilen überhaupt nicht das, was Sie hier und jetzt nötig haben, aber wenn mein Vorschlag Sie abstößt, antworten Sie nicht, wenn meine Offenheit Sie anwidert, schweigen Sie weiter, dann belassen wir es dabei, kaum ein Unterschied, wir trennen uns sowieso, um jeder für sich zu existieren, sagte der Feldwebel, aber ich liebe Wetten und ich setze darauf, dass man eine neue Erfahrung niemals bereut und dass die Enttäuschung kein großer Schaden ist, und wenn es eine schlechte Wendung nehmen sollte, wenn vielleicht Ihr Körper ablehnt, was Ihr Kopf will und was Ihr Bauch will und was Ihr Instinkt verlangt und will, können Sie sich erleichtern, ganz vertrauensvoll vor meinen Augen kotzen oder sogar kacken, weil Verkaufen wie auch Kaufen gefährliche Handlungen sind, die man wegstecken muss, ich verlasse Sie nicht, versprochen, ich bleibe bei Ihnen und passe auf Sie auf, nicht umsonst, sondern aus Soldatennostalgie einerseits und dann in der Hoffnung, Ihnen später etwas anderes zu verkaufen, vielleicht das Gegenmittel zum letzten Produkt, da, nehmen Sie, es verpflichtet Sie zu nichts, um für einen Moment den Härten des Winters zu trotzen (Herrgott, diese Kälte!), bewundern Sie zum Beispiel diesen Rauch, wie aus Gold, und rauchen Sie was von diesem Gras, es kommt aus Acapulco, wo der Krieg tobt, oder das hier zum Beispiel, schokoladiger, aus Afghanistan, wo der Krieg tobt, es ist nicht ausgeschlossen, dass man im einen oder anderen etwas Asche und den Geschmack verkohlter Körper herausschmeckt, aber ich glaube, jetzt gehen meine eigenen Visionen mit mir durch und ich lasse es dabei bewenden, Sie haben wie ich Ihren Tribut an das Grauen gezahlt (Amir! Amir!), Sie haben also die Wahl, in diesem Punkt sind die Geschäftsregeln klar, Wahl der Stimmung und des Temperaments, die Ihnen keinerlei Kommentar von meiner Seite einbringen wird, ich war nämlich auch mal an Ihrer Stelle, kaufen Sie oder kaufen Sie nicht, konsumieren Sie oder konsumieren Sie nicht, wie Sie wollen, das ist die einzige Wahl, die ich nicht für Sie treffen kann, aber ich glaube nicht, dass Sie mein Angebot ablehnen sollten, das Sie nichts kostet, bis die Transaktion weit fortgeschritten ist, was, wie Sie zugeben werden, in unserer Zeit unglaublich und verrückt ist, wir können ein bisschen über mich reden, wenn Sie sich ein umfassendes Bild machen müssen, um sich zu entscheiden, ich bin ein Ehrenmann, wie Sie ahnen Patriot, aufrichtig, außerdem berührt von Ihrer offensichtlichen Not und Ihrer offensichtlichen Bescheidenheit, die Sie vielleicht daran hindert, nach einem Mädchen zu verlangen, das ich sofort kommen lassen kann, hierher, wo wir ohne Licht und Gesetz sind, frei, ein Mädchen oder einen Jungen, je nach Stimmung und, wer weiß, nach Geschmack, wobei es in dieser Hinsicht immerhin schwierig ist, jeder Laune nachzugeben, es wird natürlich niemand von Lilys Güte sein, aber er oder sie wird in kürzester Zeit vor Ihnen auf Knien liegen, wenn Sie wollen, Sie müssen nur ein Wort sagen, Sie müssen nicht mal sprechen, ich bin an schweigsame Männer gewöhnt, die aus Schüchternheit und Bescheidenheit nie etwas fragen oder verlangen, ich sehe schon, dass Sie nichts erbitten und nichts fordern, aus Angst zu kränken, weder das Mögliche noch das Unmögliche, was, wenn ich mir das erlauben darf, in diesen Zeiten ein Fehler ist, wenn alle Wölfe und Raubtiere sind, sollte man besser mit ihnen heulen, wahrhaftig, ich habe Angst, dass Sie sich die Zunge abgebissen haben, aber dann könnten Sie meine Medizin erst recht gebrauchen, absolut vorbeugend, halb Wissenschaft, halb Mystik, sie lindert Ihre Ängste und bringt Sie zum Lachen und Singen, behauptete er, und nachdem der Mann ganz nah herangekommen und sich an mich gepresst, seinen Schenkel zwischen meine Beine geschoben und sich an mir gerieben hatte, setzte er einen Zylinder auf meinen Mund, den er mit seinen verschränkten Händen geformt hatte und dessen Enden durch unsere beiden Münder verschlossen waren, und ich hatte in meinem Zustand größter Schwäche keine andere Wahl, und obwohl ich den Gedanken gehabt hatte, ihn nach Lilys neuer Adresse zu fragen, war der einzige Ton, der aus meiner Kehle drang, ein Gurgeln, ich war gezwungen, langsam den Rauch einzuatmen, den er durch diesen Kanal strömen ließ, seltsamerweise mit dem Gedanken, dass ich das, was ich tat, für Kérim tat, wenn ich den Halt verlor, würde ich mich ihm bestimmt näher fühlen, dann wich der Mann mit zufriedener Miene zurück, ich erspare Ihnen den abgedroschenen Händlerspruch, *Einmal probiert, schon verführt*, banal und verlogen, sagte er, denn ein letzter Meinungsumschwung ist immer möglich, und der Kauf verlangt definitiv einen starken Charakter, wie er nicht häufig vorkommt, eine gewisse Entschlusskraft, die irgendwie an die der echten, anständigen und patriotischen Soldaten erinnert, und in diesem Moment, betrunken und einem Zusammenbruch so nah, wie ich ihn lange nicht mehr erlebt hatte, wühlte ich in meinen Taschen und holte alles Geld hervor, das mir blieb, um dem Feldwebel so viel Gras wie möglich abzukaufen, für Kérim, sagte ich mir, um eine Handlung zu rechtfertigen, die keinerlei Sinn ergab, keinerlei Sinn für mich, und die den Mann sichtlich kränkte oder ihn wieder er selbst werden ließ, denn er nahm wortlos meine zerknitterten Scheine, stopfte ein ziemlich dickes Päckchen in meinen Mantel und verschwand.

Zurück in C., ich weiß nicht wie, in ziemlich schlechter Verfassung, aber entspannt, schlief ich ein paar Stunden, aß mit Appetit und ging am frühen Nachmittag, ohne zu überlegen, ins Krankenhaus. Bei meiner Ankunft herrschte in der Hämatologie eine ungewöhnliche Aufregung, sehr ähnlich der, die in einem befestigten Lager einem Angriff vorausgeht. Eine Krankenschwester, die mich bisher zu präsent und zu liebenswürdig gegenüber Kérim gefunden hatte, anders gesagt zu entgegenkommend gegenüber einem Kranken, den man, wie alle anderen Kranken, auf keinen Fall verwöhnen durfte, sondern vielmehr unvermittelt zwingen musste, der Realität seiner Behandlung und seines Leidens ins Auge zu sehen, diese Krankenschwester stürzte sich schon am Eingang auf mich, da sind Sie ja endlich, rief sie in jammerndem und gereiztem Ton. Nachdem sie mich am Arm gepackt hatte, zog sie mich im Sturmschritt den Flur entlang (was mir peinlich war, denn zu rennen schien mir in diesem Flur absolut ungehörig), dann stieß sie mich in den Rücken und schob mich in den Vorraum von Kérims Zimmer. Ich war zu müde, um auch nur eine einzige Frage zu stellen. Reden Sie mit ihm, sagte die Schwester, die im Flur geblieben war, bei mir hat es keinen Sinn, und sie streckte den Finger aus, um mir durch die Scheibe eine seltsame Szene zu zeigen: In Kés Zimmer standen acht bis zehn Männer, schlampig gekleidet und ausstaffiert (einer trug nur einen sterilen Kittel, ein anderer nur einen Mundschutz, und man konnte sehen, dass mindestens drei von ihnen sehr schmutzige Hände hatten), die einander bei den Schultern hielten, einen Kreis um das Bett von Kérim bildeten, der nicht zu sehen war, und mit leiser Stimme zu psalmodieren, zu rezitieren oder zu singen schienen, ohne dass man verstehen konnte, was sie sagten (in diesem Moment zogen rasch folgende Worte durch meinen Kopf: *Wir sind die Besessenen / Wir stampfen mit dem Fuß / Wir gehen ohne Ziel / Und wenden den Kopf / Hin zum Leuchten im Westen / Wir sind die Waisen / (Nur das wollen wir sein) / Wir genießen den Albtraum / Wir sind und wir bleiben / Die kleine Frau / Der kleine Mann / Und die Kinder / Wir können wenig, wollen wenig / Wir wollen Gewalt / Wir wollen, was nötig ist / Um den Himmel zu zerstören / (Das ist unser Ziel) / Wir sind / Die Liebe des Ruins / Wir sind die Besessenen / Das sagen wir laut / Wohin man auch schaut / Nicht dies und nicht das / Wir sind die Ungeliebten, immer / Die Unwichtigsten, Zu-spät-Gekommenen / Und wir lachen / Wir sind die Überlebenden, sind die, die bleiben / Die Zeit arbeitet für uns / Die wir als Letzte gebären / Und wir lachen / Der Ruin / Bringt uns Lust / Wir sind die Besessenen / Wollen lieber nichts als alles / Wollen lieber Zerstörung / Eine neue Ära / Gib alles auf / Halt dich bereit / Mit dem Bild von dem / Was nach uns folgt / Nach der Leere / O Du, O Evidenz*). Zum entsetzten und wütenden Blick der Schwester gesellten sich die eher neugierigen als ängstlichen Gesichter des fast vollständig versammelten Stationspersonals, sogar der diensthabende Stationsarzt stand hinter mir, er war den Tränen nah, wahrscheinlich stand er kurz vor der Kündigung, und drängte mich, hineinzugehen und dem Ganzen ein Ende zu machen, Sie, Sie wird er vielleicht anhören, flüsterte er in dem Moment, als ich die Zimmertür öffnete. Ich wusste nicht, was ich von diesem *Sie* denken sollte, das meine Brust ein paar Sekunden vor Stolz schwellen ließ, mir jedoch eine Macht über Kérim zusprach, die ich zu meinem großen Bedauern nie besessen hatte, oder auf eine Vertrautheit zwischen uns hoffte, weil wir uns ähnlich waren, ähnlich mies; jedenfalls fanden mich die Schwestern und Ärzte jetzt, nach einigem Nachdenken und im Vergleich, trotz meiner Schwächen, die sie stets hervorgehoben hatten, offenbar akzeptabler als diese Männer, die einfach das

Zimmer gestürmt hatten, und geeignet, einen zivilisierenden Einfluss auf sie auszuüben, allerdings musste ich diese Meinungen nicht bestätigen oder widerlegen, denn sobald ich das Zimmer betrat und noch bevor ich das erste erklärende oder drohende Wort hatte aussprechen können, strömten (zum Glück!) die Männer von selbst aus dem Zimmer, verließen es schweigend, einer nach dem anderen, nicht, ohne mich angeschubst oder mir wenigstens einen mörderischen Blick zugeworfen zu haben, mit Ausnahme des letzten von ihnen, des jüngsten und größten und als Einziger tadellos für den Besuch präparierten, der mich absolut ignorierte. Das musste die rechte Hand sein, der, dessen Fähigkeiten und Loyalität Kérim mir gegenüber mehrfach gerühmt hatte – das hatte mich verletzt, denn ich hätte mir gewünscht, dass Kérim in meiner Abwesenheit so über mich spräche. Er hieß wohl einfach nur Oscar. Er hatte die Initiative ergriffen und mir, ohne Kérim vorher zu fragen, wie dieser ehrlich zugab, die Nachricht geschickt, die mich an sein Krankenbett gerufen hatte.

Der Auftritt von Oscar und seinen Männern hatte Kérim sehr angestrengt, und ich selbst war erschöpft von der letzten Nacht, außerdem ärgerte ich mich über die unbeugsame Schwester, die, anstatt mir mit einem Zeichen zu danken, dass ich das Zimmer geleert hatte, und uns allein zu lassen, bis zum Ende meines Besuchs gut sichtbar im Vorraum hinter der Scheibe stehen blieb, als wartete sie darauf, dass ich auch ginge. Ké sprach wenig, ich kaum mehr (wie gut es tut, hier zu sein, sagte ich mir, in diesem ruhigen Zimmer, in Erinnerung an die Katastrophe vom Vorabend, wie gut es tut, einfach nur hier zu sein!), er sah mich nur müde an oder machte die Augen zu, reglos und leidend, mit verschlossenem Gesicht, wie konzentriert auf den inneren Ruf einer ganz anderen Macht als der Freude, mich zu sehen und zu plaudern, vielleicht setzte er seine Gebete fort, von denen er glaubte, er könne sie mir nicht erklären und sie mich nicht angemessen würdigen lassen, oder er kämpfte, wehrte sich gegen die Ausbreitung der Schmerzen. Trotzdem überraschte mich Kés Haltung. Er schien mir etwas vorzuwerfen.

Ich beschloss, einige Zeit in C. zu bleiben, ich beschloss, noch nicht abzureisen. Aber am Montag und Dienstag wiederholte sich genau das gleiche Theater, nach oder vor meinem Besuch und einem langen und störenden Schweigen zwischen Kérim und mir. Ich hatte den Eindruck, dass die von Oscar angeführten Männer ständig in den Krankenhausfluren oder in der Cafeteria lauerten und jedes Mal meine Abwesenheit ausnutzten, um massenhaft in Kés Zimmer zu strömen und mir, so kam es mir vor, auf diese Weise vorzuwerfen, dass ich bis ins Letzte den Regeln folgte, die ich im Namen der Liebe, die für Ké zu empfinden ich vorgab, schon seit Ewigkeiten hätte brechen müssen; sie warfen mir vor, nicht länger an Kérims Bett zu bleiben, und sogar, sie nicht am Kommen zu hindern – ich glaube, sie warfen mir Egoismus vor. Wie auch immer, das Spektakel nervte die Ärzte, die mir ebenso wie die Schwestern und sogar die Putzfrauen, sobald ich auftauchte, abwechselnd wiederholten, was ich schon wusste, dass nämlich nicht mehr als zwei Besucher zugleich das sterile Zimmer betreten dürften und dass es natürlich, wie auf jeder Station dieser Art und Bedeutung, elementare Vorsichtsmaßnahmen und genaue Besuchszeiten gebe, die jeder, ohne Ausnahme, einhalten müsse.

An all diesen Tagen fühlte ich mich sehr einsam und irgendwie blöd – ich begriff nichts von dem, was die Menschen in C. machten, von der einfachsten Geste bis zur kompliziertesten Tätigkeit. Ebenso wenig durchschaute ich das Verhalten dieser Männer, die Kés Behandlungsprotokoll so leichtherzig in Gefahr brachten, und ich verstand auch nicht, warum Kérims Familie, seine Eltern genauso wie sein Bruder, sich nicht dazu durchringen konnten, Kérims Groll gegen sie zu ignorieren und sich mit ihm auszusprechen. Allmählich wirkten sich die Spannungen zwischen dem Pflegepersonal und Kés seltsamen Freunden auf die ganze Station aus, also auch auf die anderen Kranken, von denen einige, vor allem ein Jugendlicher und eine etwa sechzigjährige Frau, die ich jedes Mal sah, wenn ich durch den Flur ging, in einem fortgeschritteneren und dramatischeren Stadium ihrer Krankheit waren (aber mit ihnen wollte Kérim ganz sicher nichts zu schaffen haben, sie widerten ihn geradezu an, als wäre er gar nicht krank oder vielmehr, als verdiente er als Einziger, behandelt zu werden, als sei nur er so krank, und ebenso sicher lehnte er von vornherein jede Schicksalsgemeinschaft mit diesen Leuten ab, zählte nur auf seine eigene Kraft, um gesund zu werden). Jeden Morgen ab neun Uhr lauerten Ärzte und Schwestern auf meine Ankunft und fürchteten die der Strolche von Monsieur San, wie sie sie nannten, die Bande, die unter Oscars ruhiger und geradezu lässiger Führung nie auseinanderlief und durch seine angenehme Stimme korrekt, ja sogar höflich blieb, zuweilen jedoch sichtlich bemüht, sich im Zaum zu halten und eine hier unbekannte und undenkbare, nicht institutionelle, fremde Gewalttätigkeit zu unterdrücken, von der man annahm, sie sei diesen Männern eigen und koste sie keine Mühe – man hatte Angst; dennoch wagte man nichts zu sagen, auch nicht die Polizei zu rufen, denn letztendlich setzte Monsieur San in dieser Geschichte vorsätzlich seine Gesundheit aufs Spiel, indem er die Anwesenheit dieser Männer duldete, zumal, und das erzählte man mir hinter vorgehaltener Hand, Monsieur San ohne einen Spender, den man nicht fand, und eine Transplantation in letzter Minute, deren Gelingen nicht sicher war, ohnehin nicht mehr lange zu leben hatte.

Als ich am Mittwochmorgen in der Cafeteria der Klinik ein Mineralwasser trank, niedergedrückt von ich weiß nicht welcher Hoffnungslosigkeit, die hier ihre Zelte aufgeschlagen zu haben und wie ein Insektenschwarm in der Mitte des großen Saals herumzuschwirren schien, unbeachtet von den Stammgästen, täglichen Besuchern, die sich nicht mehr die Mühe machten, sich richtig anzuziehen, und in Latschen und Bademantel herumschlurften, setzte sich Kérims älterer Bruder an meinen Tisch. Ich hätte versucht, ihn zu meiden, wenn ich ihn hätte kommen sehen. Man kann nicht sagen, dass sich Gazi verändert hatte, vielmehr hatte sich bei ihm alles irgendwie verschlimmert: Er war nervöser als früher, noch zartgliedriger und körperlich immer noch genauso wenig beeindruckend, obwohl er jahrelang versucht hatte, sich durch Krafttraining und krankhaftes Sporttreiben zu entwickeln – vergeblich. Als wäre Kérim der Ältere und hätte ihm nach seinem Aufenthalt im

Bauch ihrer Mutter nur kümmerliche Reste gelassen, hatte Gazi zu seinem Körper dasselbe Verhältnis, das er zu einer schweren Behinderung gehabt hätte, er quälte sich mehr, als dass er lebte, schmächtig, allergisch, von der kleinsten Anstrengung erschöpft. Obwohl er trotz all dem seinen kleinen Bruder imitierte, seinem Bruder überallhin folgte und versuchte, die gleichen Erfolge wie er zu erzielen, unzählige in seinen Augen, gelang es ihm nur, Kérims schlimmste Schwächen zu übernehmen, vor allem die Überheblichkeit und die unkontrollierbaren Wutausbrüche, als könne er in allem und jedem immer nur ein Negativ sein. Und Gazi wurde ständig verspottet, ein Hampelmann, der höchstens Mitleid weckte, weil niemand verstand, warum er so verbissen Kérim *sein* wollte und was dieses kleine, unansehnliche Geschöpf überhaupt antrieb, dessen Anwesenheit man nur ertrug, um sich auf seine Kosten zu amüsieren. Er fand – wie übrigens jeder im Viertel –, er verdiene Besseres, das war offensichtlich, trotz des Willens der Natur, jener Ungerechtigkeit der Natur, die ihm nichts gelassen hatte, und er betete zu allen Göttern und allen Propheten und allen Heiligen, ihm wenigstens einmal, wenigstens für kurze Zeit die unverzichtbare Lebenskraft für seine Pläne zu schenken, die ich mir immer rachsüchtig, schrecklich, dramatisch vorgestellt hatte, wenn er sie eines Tages verwirklichen würde. Inzwischen konnte man diese schrecklichen Pläne in seinem Gesicht ablesen … Lange hatte er einen neutralen Ausdruck bewahren können, lange hatte ihn sein Gesicht nie verraten, während jetzt … Den ganzen Hass auf seine eigene Schwäche, die ganze Kraft seines Geistes, nicht Intelligenz, sondern Obsession, eine Obsession, die er pflegte, ohne die er ins Nichts zurückgekehrt wäre, den ganzen Hass auf seinen Bruder und auf seine eigene Abstammung, auf die ganze Welt, die ihm ihre Hilfe versagte, las man jetzt unverhohlen in seinem Mondgesicht. Ja, und auch diesen Blick, dem ich seit meiner Rückkehr so oft begegnet war, den Augen des Viertels sozusagen, voller Kreise und Nullen, gezeichnet von einer Jugend, die ziellos umherirrte ... Er kontrollierte sich nicht mehr und glich einem Geisteskranken, einem Verrückten aus der Anstalt gegenüber der Klinik – er setzte sich neben mich, dann beugte er sich zu mir, um mich besser riechen oder beißen zu können.

Trotz allem machte mir Gazi keine Angst. Ehrlich gesagt hatte er, obwohl er sich solche Mühe gab, mit seinem allgemeinen Aussehen und der sichtbaren Feindseligkeit, deren Grund ich nicht verstand, niemanden je erschreckt; mir hatte er immer mehr Mitleid als Ablehnung eingeflößt, aber er war mir trotzdem unangenehm. Es kam mir vor, als wären seit meiner Rückkehr zu Kérim seine Leute mit ihrer Brutalität, ihrer Sturheit und Kurzsichtigkeit wiederaufgetaucht, als könnte einer nicht ohne die anderen daherkommen; es kam mir vor, als könnte ich auf keine Weise ihrem Einfluss und ihren Geschichten entkommen, die alle schlecht endeten, und als könnten Ké und ich, wir beide allein, wenn wir unsere Konflikte besprechen und ausräumen und offen unsere Erinnerungen wachrufen würden, unser Leben und dann die Welt reparieren, wie wir es uns früher so sehr gewünscht hatten. Nachdem mich Gazi lange gemustert und sämtliche Ausgänge der Cafeteria gecheckt hatte, begann er reichlich Speichel versprühend zu sprechen.

Ich begriff nicht viel. Es war nicht klar, ob er sich speziell an mich wandte, ich meine, mehr als an eins der unsichtbaren Geschöpfe, die er sich erfunden hatte und die er regelmäßig beschimpfte. Wer hierher kommt und die ganze Zeit, sagte er, wir wissen warum. Obwohl die notwendige Beherrschung des Militärjargons in mehr als ein oder zwei Fremdsprachen die Feinheiten der lokalen Redeweise und das Grauen des Akzents etwas in den Hintergrund gedrängt hatte, war ich bestimmt nicht so fremd geworden, dass ich nichts mehr von dem erfasste, was man mir erzählte; allerdings wusste ich, dass sich Kérim Mühe gab, deutlich zu sprechen und den Dialekt in unseren Gesprächen nicht überhandnehmen zu lassen, und dass diese Mühe, die ihm nichts ausmachte, Gazis Kräfte leicht übersteigen konnte. Doch bei dem, was er sagte, erfasste ich nicht mal den Sinn, entgingen mir Reihenfolge und Verwendung der Wörter. In diesem Chaos aus gutturalen Tönen, aus Phrasen, Sprichwörtern und Neologismen, die alle auf seinem Mist gewachsen waren, verstand ich schließlich, nachdem ich ihn mehrmals hatte wiederholen lassen, dass er die Gründe meiner Anwesenheit erfahren wollte, hier ist keinen Grund für dich, sagte er. Bevor ich antworten konnte, fragte er, ob mich Kérim empfangen habe, ich meine mich zu erinnern, dass er dieses Wort benutzte, empfangen, als handelte es sich um eine Audienz, dann, gleich danach und ohne Pause, ob wir geredet hätten, dann, ob er mir von einem bestimmten Testament erzählt habe, o ja, ich weiß, sagte er, und von einer bestimmten Erbschaft, und zum Abschluss, aber vielleicht täusche ich mich auch, stellte er mir absurde Fragen nach Oscar und seinen Männern, ob ich unter ihnen sei oder bei ihnen, und imstande, ihm mit ihnen Böses anzutun, in Gruppe kann man alles, sagte Gazi, sie wollten ihm Böses, wegen dem, was er tun könnte, aber nicht tun wollte, wozu er fähig sei, was er aber nicht tun werde, vertraute er mir an und hörte plötzlich auf zu brüllen und sprach etwas langsamer und lächelte, auf die schlimmste Weise, auf die ein Mensch lächeln kann. Dann sprang er plötzlich auf und warnte mich, das gilt nur ein Mal und nur ein einziges, fügte er hinzu, er riet mir, mich nicht in seine Angelegenheiten zu mischen, die unvergänglich seien, oder unveräußerlich, aber ich glaube nicht, dass Gazi diesen Begriff kannte, was ich ihm umso leichter versprach, als ich immer noch nicht wusste, wovon er redete, und Kopfschmerzen hatte, vielleicht war ich auch krank geworden, nichts wäre in einem Krankenhaus weniger überraschend, dann erklärte Gazi, sein Instinkt, der ihn niemals täuschte und den er der Geheimmedizin vorziehe, sage ihm, dass Kérim verurteilt sei, von dem oder der, wo entscheidet, fügte er mit einem Zwinkern hinzu, und dass sein ganzes Business (was, Business?), heute absolut legitim und legal, zwangsläufig ihm zustehe, trotz der Fallen, die man ihm stelle, und ganz bestimmt nicht dir oder Oscar oder irgendwem sonst, weil ich der Bruder bin, regte er sich auf, er würde es auf jeden Fall am besten nutzen, wegen des Blutes (aber da bin ich mir überhaupt nicht sicher), und ich täte besser daran, zurückzugehen, woher ich gekommen sei (er schien genau zu wissen, woher ich kam). Dann entfernte er sich plötzlich und ergänzte schreiend, ich solle Oscar auch fürchten, wie Tiere und Frauen, sagte er, und wenn der liebe Kérim sich untersteht, dir einen guten

Platz in seinem Testament zu geben, das er jeden Tag ändert (das fand ich absolut zweifelhaft), dass ich weder Kérim noch Oscar wirklich kannte, und wenn, liebst du eher Gazi, sagte er mir ins Ohr, nachdem er sich umgedreht hatte und mit erstaunlicher Schnelligkeit auf mich zugeschossen war, ich schicke eine Belohnung in dein Fanatikerloch, die die Wüste blühen lässt, wenn ich wenigstens, gefälligst, diskret, aber unter Einsatz all meiner Kräfte, seine Pläne unterstützen würde, die klar seien und die ich genau verstanden hätte, so Gazi, du dienst oder nicht, du lebst oder nicht – so endete unser Gespräch.

Ich war zurück in dem engen Keller, im Tunnel meiner Jugend, und alles war schwarz.

3

An diesem Punkt war mein Dasein ziemlich kompliziert geworden und die Zukunft so verschwommen wie nur irgendwas, das war meine Schuld. Ich hatte wieder Lust, vor C. und Kérim zu fliehen … Nie wiederzukommen … Doch meine Verwirrung erreichte ihren Höhepunkt – und gleichzeitig wurde es mir unmöglich, die Stadt zu verlassen –, als in eben jener Woche Lily auftauchte. Sie hatte eines Morgens ganz früh in meinem Hotel eine Nachricht hinterlassen, in der sie mich bat, oder eher verlangte, ich solle so schnell wie möglich in ein nahes Café kommen, und mich dort geduldig erwartet. Wie hatte sie mich gefunden? Flüchtig stellte ich mir diese Frage, während ich beinahe rennend die Straße überquerte, aber sie schien mir nicht besonders wichtig und dann gar nicht mehr; als ich sie sah, wie sie einen Tee trank und zerstreut nach draußen schaute, vergaß ich meine Unruhe, vergaß ich alles. Sie war jetzt brünett und hatte die dicke Brille abgelegt. Sie war viel schöner als in meiner Erinnerung: lange, üppige Locken und ein spitzes Kinn. Und natürlich war sie nicht einfach so gekommen, sie brauchte mich: Ein Zuhälter habe schließlich seine Greifer nach ihr ausgestreckt, erzählte sie mir sofort, ohne Entsetzen, er wolle ihr eine Absteige und Freier aufzwingen, als sie gerade beschlossen hatte, ihr Leben zu ändern. Ich dachte in diesem Moment nicht einmal darüber nach, warum sie sich an mich wandte, und hörte nur mit halbem Ohr auf ihre zahlreichen Versprechen, eventuell, wenn alles gut ginge, bei mir zu bleiben, ein Punkt, in dem sie sehr zurückhaltend blieb, wie es mir auch gleichgültig war, zu wissen, ob ich ihr glauben könne – ganz bestimmt log sie ein bisschen, aus Prinzip. Ebenso wenig Aufmerksamkeit schenkte ich ihren mehr oder weniger gekonnten Versuchen, einen möglichen Verdacht zu zerstreuen, um dann zu offenbaren, was ihr im Moment neben der moralischen Unterstützung, die entscheidend sei, wie sie versicherte, am meisten fehle, nämlich Geld. Ich sah nur die Gelegenheit, die sich mir bot, ich hatte nur noch zwei Gedanken im Kopf, die miteinander verschmolzen: Ihr zu helfen bedeutete, sie noch ein bisschen, eine Minute, eine weitere Stunde ansehen zu können, und mir wurde bewusst, dass ich nicht mehr aufhören wollte, sie zu sehen; außerdem war die Hilfe für diese beinah Unbekannte Vorwand und Weg, um etwas länger in C., bei Kérim zu bleiben.

Ich unterbrach Lily, die eigentlich Cat hieß, wie sie jetzt behauptete, und die Flut von Geständnissen, echten oder falschen, die sie mir machte, um ein Vertrauen zu gewinnen, das ich ihr nicht sogleich gewähren mochte, ich brachte Cat zum Schweigen, als sie gerade andeuten wollte, sie sei vielleicht, aber woher solle sie das wissen, ohne Geld, um den Arzt aufzusuchen, von mir schwanger (und ich dachte mit Bedauern, dass ich gern einen Sohn hätte, ganz sicher wäre es ein Sohn, durch den ich eine Reihe von Fehlern korrigieren würde, die ich glaubte begangen zu haben). Hilfst du mir?, fragte Cat. Den Typen kennst du übrigens, sagte sie, das ist der Mann, der uns bekannt gemacht hat, ja, der Veteran, er ist wieder ganz in Frankreich und lässt mich nicht in Ruhe. Wobei … na ja, er ist kein richtiger Zuhälter, er handelt mit Drogen, ich glaube, er klaut ein bisschen und verkauft … Ehrlich gesagt ist er in mich verliebt, also, er will mich heiraten … Er ist nicht gut, er ist so alt … Du verstehst mich wenigstens … Ich weiß nicht, was er wirklich will, er redet die ganze Zeit und drei Viertel, zwei Drittel davon begreife ich nicht, aber er ist nicht der, für den er sich ausgibt … Also, er ist Soldat wie du, da bin ich mir sicher, weil er mir mal seine Uniform gezeigt hat, an einem Abend, da wollte er … Aber er ist kein Offizier wie du, er ist nichts Wichtiges, nur ein Gefreiter, ein Feldwebel harmlos… Er hat keine Ahnung, dass ich hier bin, aber er hat mir gestern von dir erzählt, weil er dich irgendwann nachts getroffen hat, ihr habt euch unterhalten und du hast ihm gesagt, wo du herkommst … Er wusste nicht mal mehr, dass wir uns kennen, außerdem kann er dich anscheinend gut leiden, er findet dich nett, sehr nett, sehr anständig, er hat gesagt: Der ist so wie ich in seinem Alter, so was Ähnliches … Der Typ ist eine Null, er war nicht brutal, ist auch nicht gefährlich für dich, ich weiß nur nicht, wie ich ihn loswerden soll, ergänzte sie schulterzuckend. Und außerdem wollte ich dich wiedersehen, sagte sie, rückte auf ihrem Stuhl nach vorn und fing an zu kokettieren, ich habe die ganze Zeit so viel an dich gedacht … Sie wirkte kein bisschen verängstigt oder so, als stecke sie in der Klemme, und man merkte genau, dass sie nicht gern von anderen abhängig war, erst recht nicht von einem Mann, nicht mal, um sie vor einem anderen, vielleicht brutaleren und bösartigeren Mann zu schützen. Aber ich hatte solche Lust, ihr zu helfen, zumindest so zu tun, ihr nützlich zu sein harmlos… Ich sag dir was, Cat, setzte ich an und zog vorsichtig meine rechte Hand zurück, die sie seit einer Weile an ihre extrem weiße Wange drückte, gepudert oder so rein, als sei sie die Reinkarnation einer jener Madonnenstatuen, die in den italienischen Städten an jeder Kreuzung stehen, ich wischte sie unwillkürlich am Hosenbein ab, ehe ich sie wieder auf den Tisch legte und ihr den Arm tätschelte, um sie zu beruhigen, obwohl sie keinerlei Beruhigung brauchte, ich sag dir was, vorläufig wohnst du bei mir, in meinem Zimmer, dann sehen wir weiter. Ich fühlte mich verliebt, in sie oder eher in die Situation – ich sah mich ihr schon mein Bett anbieten und mich mit einer auf dem Boden ausgebreiteten Decke begnügen, egal, wenn ich jede Nacht Rückenschmerzen hätte, einzig und allein, weil ich jedes Arrangement ablehnen würde, das die Ehre verletzte … Außerdem hatte ich nicht genug, um sie zu bezahlen. Ich war sehr zufrieden mit mir. Ich versuchte, mit Cat zu reden wie ein Mann, also in meiner damaligen Vorstellung wie eine Art Vater, auf jeden Fall wie ein älterer oder erfahrenerer Mann, der wusste, was zu tun war. In diesem Moment schoss mir durch den Kopf, dass ich Cat und Cats Probleme für meine eigenen Zwecke ausnutzte, ich hatte das Gefühl, eine Art Spiel mit ihr anzufangen, das nur zu meinem Vorteil ausgehen konnte – im Vergleich zum Krieg, der allerdings aus der Nähe, selbst erlebt, albern und lächerlich war, kam mir alles wie ein Spiel vor, klein und ohne Folgen … Ohne Körpereinsatz, ohne Folgen für mich … Auf dem Rückweg zum Hotel lag mein Arm um

Cats Schultern. Sie ließ mich gewähren, aber ohne besonderes Schmachten, und wenn sie zufrieden war, so zeigte sie es nicht. Ich brachte sie in mein Zimmer, dann erklärte ich ihr, ich müsse sofort los, um eine Reihe von Problemen zu klären, die sich bisher nicht gestellt hätten … oder die ich nicht als solche wahrgenommen hatte, solange ich nicht gewagt hatte, mich einfach in das Leben der anderen einzumischen, fügte ich hinzu und sah sie zärtlich an. Bevor ich sie verließ, fragte ich Cat, was sie studiert habe, was sie dazu gebracht habe, ihren Körper zu verkaufen und dann meine Hilfe zu erbitten, reine Neugier – ich tippte auf Biologie. Sie verzog das Gesicht, ehe sie antwortete, als müsse sie ernsthaft über die Frage nachdenken, dann schien es ihr eingefallen zu sein, und sie lächelte mich an: Philosophie, sagte sie, ich habe Philosophie studiert.

Eine grandiose Energie war zurückgekehrt, in meine Beine, meine Brust, meinen Kopf, ich erkannte sie wieder, sie hatte mich schon getragen, als ich sieben Jahre zuvor C. verlassen hatte: Ich fühlte mich unglaublich lebendig (glücklich wie ein Teenager, der das Leben vor sich hat, dachte ich). Halb aus paranoider Angst, abgehört und entdeckt zu werden, halb um die Passanten zu Zeugen dessen zu machen, was ich für einen anderen als mich selbst tat, zu Zeugen meiner neuen und großen Hingabe, hatte ich mir Cats Telefon geborgt und erledigte alle Anrufe auf dem Bürgersteig vor dem Hotel, was wegen eines plötzlichen Regenschauers und des Verkehrslärms nicht sehr praktisch und bei näherer Betrachtung auch nicht sehr schlau war. Ich rief zuerst ein paar Kameraden an, die mir vielleicht im Rahmen ihrer Möglichkeiten hätten helfen können, die ich jedoch nicht erreichte, dann die Kaserne in Metz, um beim Oberkommando ohne nähere Erklärung Sonderurlaub wegen außerordentlicher Gründe zu beantragen, der von irgendeiner Sekretärin nach fünf Minuten abgelehnt wurde. Man hätte sich entschuldigen müssen: Man brauche Zeit, nicht mal für sich, man habe seine Meinung geändert, wolle sein Leben ändern. Ich hatte nicht die Absicht, mich zu entschuldigen. Nachdem ich eine halbe Stunde gelaufen war, fand ich endlich ein Internetcafé, in dem ich eine Mail an den Brigadestab schrieb, mit Kopie an den Hauptmann meiner Kompanie, darin erklärte ich die sofortige Einstellung jeder militärischen Tätigkeit, die mich zur Fortsetzung meines Auslandseinsatzes zwänge (ich ließ jedoch die Möglichkeit einer Versetzung oder Neueinstufung offen) oder zum Dienst an einem allzu weit von meiner aktuellen Adresse, die ich bewusst nicht nannte, entfernten Ort in Frankreich. Aber auch da ließ die Antwort meiner Vorgesetzten nicht auf sich warten.

Die Mail war ziemlich lang und schwer lesbar, weil einem die Sprache niederer Armeebeamter nicht vertraut ist, vielleicht war es auch eine automatische Antwort: Wenn ich mich nicht binnen drei Tagen in der Kaserne meldete, um meinen aktiven Dienst nach Verfügung meines Hauptmanns, meiner Brigade und an der Seite meiner Kameraden, die weiter kämpften, wieder aufzunehmen, gälte ich als Deserteur und würde strafrechtlich verfolgt, wie es das Gesetz vorsehe, man werde mich mit allen verfügbaren Kräften der Gendarmerie suchen, die keinerlei Mühe haben werde, mich in Frankreich oder außerhalb Frankreichs aufzuspüren, dann werde man dafür sorgen, dass ich den

Verpflichtungen nachkäme, die in dem von mir in vollem Bewusstsein, woran man erinnere und was man betone, unterzeichneten Vertrag festgelegt seien, nachdem man mich wahrscheinlich drei oder vier Wochen in Arrest gesteckt hätte, um mich Disziplin und den Respekt vor eingegangenen Verpflichtungen zu lehren. *Deserteur*. Der Begriff gefiel mir, er klang angenehm, obwohl mir alles, was sich darauf bezog, noch ziemlich unklar blieb. Aber ich musste einen Ort finden, um mich mit Cat zu verstecken, und später dann Geld, um ins Ausland zu fliehen.

Wir verließen das Hotel am selben Nachmittag, ohne dass ich Cat klare Gründe dafür nannte – sie hätte sich, das war meine Befürchtung, Sorgen gemacht oder wäre einfach enttäuscht gewesen (ich wollte sie auf keinen Fall enttäuschen) –, und zogen mit Sack und Pack zu meiner Mutter, für ein paar Tage, höchstens ein bis zwei Wochen, sagte ich Cat. Wir froren entsetzlich, als wir auf den Bus warteten, vor allem Cat, die sich am Morgen angezogen hatte, um mir zu gefallen, nicht um Flüchtling zu spielen, und deshalb, oder weil wir kein Taxi nahmen oder weil ich sie zu meiner Mutter brachte und das ganz gewiss nicht der Impuls eines vorausschauenden Mannes war, der ein bisschen Geld beiseitegelegt hat, wirkte Cat sehr unzufrieden, erkennbar an zusammengezogenen Brauen, geblähten Nasenflügeln und Lippen, die das Spiegelbild ihres hartnäckig zum Schaufenster gedrehten Gesichts erbeben ließen. Ich hatte sie noch nie verärgert gesehen, ich wusste nicht, was ich tun sollte. Aber es missfiel mir nicht, sie so zu erleben. Und weil ich keine Wahl hatte, sie ehrlich gesagt auch nicht, und ihre Schmollmiene sie nicht hässlicher, sondern vielmehr noch anziehender machte, ließ ich sie in Ruhe, was mir den Vorteil einbrachte, dachte ich, wenn auch nur sehr kurzzeitig, als echter Kerl zu gelten, der sich nicht um die Meinung einer Frau schert – aber war das der Typ Mann, den Cat schätzte? Aus Unsicherheit und obwohl mich das neue Abenteuer, das jetzt begann, in Aufregung versetzte, schwieg ich und begnügte mich damit, während der Fahrt an meine Mutter zu denken.

Sie war keineswegs überrascht, als wir ankamen. Sie begrüßte Cat herzlich, die ich ihr als Freundin vorstellte, mehr nicht, was sie laut seufzen und die Augen verdrehen ließ. Cats Stimmung kippte bei meiner Mutter radikal, sie wurde demonstrativ wieder zu der Verführerin, die sie sein konnte, begann mit ihr zu plaudern, und nur wenn ihr Blick zufällig meinen kreuzte, wurde ihr Gesicht wieder mürrisch. Sie lobte meine Mutter für ihre Wohnung, sicher war sie ehrlich. Mir kam es überflüssig vor. Nachdem ich Cat mein altes Zimmer gezeigt hatte, die daraufhin ebenfalls seufzte und sagte: Ich besichtige heute eine Menge Zimmer, angesichts der Situation fehlte es ihr nicht an Humor, nachdem ich Cat untergebracht hatte, dankte ich meiner Mutter, versicherte ihr, wir würden sie nicht lange belästigen, wenn Kérim uns helfen würde (ich weiß nicht, warum ich mir vorstellte, dass meine Mutter diese Bemerkung womöglich Ké weitererzählen und sich für mich einsetzen würde), was vorerst ihre Sorge um meine Zukunft zerstreute, jetzt, wo ich meinen Beruf aufgab, den Beruf, der sie stolz gemacht hatte. Ich küsste sie auf die Stirn, traute mich nicht, Cat zu küssen, dann ließ ich meine Frauen (komischer Ausdruck) zurück, die mir, nebeneinander mit verschränkten Armen, hinterherschauten, und ging ins Krankenhaus.

Der Himmel war außerordentlich dunkel und wurde immer noch von den beiden Lichtstrahlen durchbohrt, die ich schon vorher gesehen hatte, als wollte uns ein verrückter Prophet, der als Eremit auf dem Berg lebte, vor der Gefahr warnen, die die niedrigen Wolken über uns schweben ließen. Es muss teuer sein, diese Beleuchtung Tag und Nacht anzulassen, sagte ich mir ziemlich bitter. Plötzlich fand ich es ungerecht, so viele gute und ehrenwerte Dinge, Cat retten und bis zum Ende bei Kérim bleiben, erledigen zu müssen und so wenig Geld zu haben. Bisher hatte es mir gefallen, arm zu sein, nicht reich zu sein. Nun aber brauchte ich Geld, genauer gesagt, damit musste ich mich angesichts der Umstände abfinden, Kérims Geld. Ich war nicht käuflich, es war das allererste Mal, dass ich mich für sein Vermögen interessierte, das ich mir angesichts seines Auftretens, des Auftretens seiner Leute, seines Charismas und seiner Art, sich überall, sogar in einem sterilen Zimmer, zu Hause zu fühlen, beträchtlich vorstellte, obwohl ich mir als Pessimist und Träumer nie darüber hätte Gedanken machen sollen – obwohl mir idealerweise das, was ich mit meinem bescheidenen Dasein, meinen eigenen Kräften verdienen konnte, hätte reichen sollen.

In der Hämatologie herrschte absolute Stille. Am Eingang war keine Menschenseele. Auch niemand auf dem Flur. Man konnte glauben, der Ort sei verlassen und alle Kranken seien gleichzeitig letzte Nacht verstorben. Diese Vorstellung erschreckte mich über Gebühr, und ich war im Begriff zu gehen, als ich an der halb offenen Tür des Pausenraums für Ärzte und Schwestern vorbeikam, aus dem sich ein dichtes gelbes Licht über die Schwelle hinweg ergoss, in dem sich schnelle, tanzende Schatten bewegten, auf einer Seite der umgestellten und in der Zimmermitte zusammengeschobenen Tische war fast die ganze Station versammelt, auf der anderen Seite Oscar und drei seiner Männer. Auch Gazi saß dort. Er kam mir noch kleiner vor als sonst, fast zerquetscht von Oscars rechter Hand in seinem Nacken und ziemlich aufgeregt. Oscar schien, mit den Gedanken woanders, nur mit halbem Ohr dem Arzt zuzuhören, der in unmissverständlichem Ton und mit düsterer Miene auf ihn einredete und mit offenen Händen die Luft vor sich durchschnitt. Dann trat plötzlich Stille ein, und ich hielt mir meine Neugier vor und wollte mich schon davonmachen, weil mir plötzlich einfiel, dass Cat auf mich wartete. Aber nach dieser langen, spannungsgeladenen Pause sank Gazi, als gebe er einer Drohung nach, eher über dem Tisch zusammen als dass er sich vorbeugte, warf dem grau melierten Arzt, sehr groß und beeindruckend in seinem langen Kittel, der aufgestanden war und die Arme kreuzte, um seine Unbeugsamkeit zu demonstrieren, verzweifelte Blicke zu, dann griff er nach einem Kugelschreiber und unterzeichnete mehrere Papiere, die er anschließend mit dem Handrücken wegschob. Nun erwachten alle wieder zum Leben und besannen sich, dass es Arbeit gab, die zurückgeschobenen Stühle machten einen Höllenlärm; ich nutzte den Aufruhr, um mich zu Kérims Zimmer zu schleichen.

Er begrüßte mich mit einem strahlenden Lächeln, das mich an ein zerrissenes Banner erinnerte. Ich habe gute Nachrichten, sagte er sogleich, mehrere. Kannst du dir das vorstellen? Aber lass es dir erst mal erklären. Und zum ersten Mal begnügte er sich nicht mit vagen Anspielungen, sondern sprach ausführlich über den großen Plan, den er verfolgte.

»Sind dir in den letzten Tagen zwei Lichtstrahlen am Himmel aufgefallen?«, fragte mich Kérim.

»Ja, eben noch, als ich herkam … Man kann sie nicht übersehen.«

»Das ist das Ziel, das ist es«, sagte er zufrieden.

Einige Wochen vor Ausbruch seiner Krankheit, vor der Diagnose seiner Krankheit, korrigierte er sich mit gebleckten Zähnen und einem kräftigen Schlag gegen die Brust, einem Schlag, der entschlossen und kräftig sein sollte, hatte Kérim die Gebäude auf einem Bergplateau oberhalb von C., östlich der Stadt, gekauft, Gebäude, die wir einmal bei einem Schulausflug zusammen besucht hatten, wenn ich mich recht erinnerte; der Legende nach wurden dort drei Heilige gemartert, weißt du noch, fragte Kérim mit trauriger Miene: Der Erste wurde in eine Tonne gesteckt, die mit nach innen gerichteten Nägeln gespickt war, und dann den Berg hinuntergeworfen, aber er war noch am Leben, als man ihn unten aufsammelte, und man musste ihn töten – diese Heiligen sind unverwüstlich, an ihnen gibt es nichts mehr zu zerbrechen, man kann sie zu nichts zwingen und viel Leben gibt es auch nicht mehr, das man ihnen nehmen könnte. Der Zweite wurde an einem Felsvorsprung im Wald an den Zehen aufgehängt und dann über den Abgrund geschwenkt, oberhalb des Ortes, der damals nur ein größerer Weiler war, man weiß nicht, ob dabei ein Galgen errichtet und eingesetzt wurde oder ob man einfach den

Ast eines großen Baums genommen hat. Er ist sicher an einer Gehirnblutung gestorben, schade, dass kein Arzt dabei war, wie es heute üblich ist, wenn man beschließt, jemanden ganz offiziell zu töten oder zu foltern – auf diesem Gebiet, neben vielen anderen, haben wir Fortschritte gemacht, das kann man wohl sagen. Der Letzte der drei wurde ganz normal geprügelt, verstümmelt, mit glühenden Eisen gequält, entmannt, seiner Füße und Hände beraubt, auf eine Lanze gespießt, von Pfeilen durchbohrt und enthauptet, aber da sich nach all dem, so berichteten die Soldaten, die sich um ihn gekümmert hatten, sein Körper immer noch regte, stopften sie seine Reste in einen Sack, den ich mir nur aus Jute vorstellen kann, warfen ihn den Berg hinunter, sammelten ihn unten wieder auf und ertränkten ihn in einem Fluss. Die Geschichte sagt nichts darüber, aber ich wette, dass die Landser, denen man diese Drecksarbeit übertragen hatte, bis zum Ende ihrer Tage von der Erinnerung an die Heiligen verfolgt wurden, nicht so sehr vom Anblick des Blutes und vom Gestank des Gemetzels als vom trüben Blick und der Passivität der Männer, die sich zu langweilen schienen, und dass sie nach der Rückkehr auf ihre Bauernhöfe oder in ihre Schenken kein ungewöhnliches Geräusch, kein Knacken eines Astes hinter ihnen, keine Windböe nachts in den Birkenwäldern hören konnten, ohne zu erzittern, überzeugt, die Heiligen seien zurückgekehrt, um sich zu rächen. Warum nur, dachten sie, vielleicht auf Knien die Heiligen um Vergebung anflehend, wir haben doch nur gehorcht … Und das Leben ist nicht gerechter, als wir böse waren … Wir haben die Männer auf unsere Weise geehrt … Was wäre ohne uns aus ihnen geworden?

Obwohl er sich über sie lustig machte, verstand Kérim diese Heiligen, glaube ich, und beneidete sie – ihr brutales, vorhergesehenes, gar ersehntes Ende und dann die Anerkennung und der Kult, das alles reizte ihn, und jetzt sicher noch mehr. Und manchmal, wenn ich an Kérim zurückdenke, wenn sich meine Erinnerungen mühsam aus dem Grau herausgearbeitet haben, das sich über mein Gedächtnis gelegt hat, sehe ich einen in einer Tonne steckenden Kranken oder einen grünlichen, aufgehängten Körper vor mir, der an einer doppelten Verdammnis leidet, viel schlimmer als alle Heiligen der Welt zusammen, der keine Überzeugung, keinen Glauben zu verbreiten hat, der für sich allein stirbt, für nichts und wieder nichts.

Das Hotel da oben war noch halbwegs in Schuss, aber die Einsiedelei war nur noch eine Ruine, erzählte Ké weiter. Insgesamt hatten sie ihn nicht viel gekostet. Sobald der Vertrag unterzeichnet war, hatte er den Beginn der Arbeiten organisiert, hatte auf der Baustelle, soweit das möglich war, die besten Handwerker von C. und Umgebung eingesetzt, was gar nicht so einfach war, wie er sagte, von hier aus kann ich ihnen nicht richtig auf die Finger schauen, aber ziemlich bald hatte Oscar die Sache in die Hand genommen und schien Konflikte, wie er selbst es formulierte, zu lösen, bevor sie ausbrachen, auf eine Art, die, wie es aussah, niemanden übervorteilte, denn die Renovierung ging gut voran und war fast abgeschlossen. Kérim zeigte mir die Pläne, die man ihm in das sterile Zimmer gebracht hatte und die ständig in seiner Reichweite lagen: Sie waren schon so oft herangezogen worden, dass sich das tintenbefleckte Papier wellte, wie das Lieblingsbuch eines Kindes irgendwann zerfleddert, dachte ich, wenn zugleich die Fantasie des Kindes verwelkt und das Buch es nicht mehr wie früher mitreißt. Zuerst beschrieb er mir rasch die Anordnung und Ausstattung der großen Küche im Erdgeschoss des früheren Hotels, modern, betonte er, das heißt, dass man dort hervorragend die einfachsten und auch alle diätetischen Gerichte würde zubereiten können, dann griff Ké zum nächsten Blatt, und sein knochiger Zeigefinger mit gelb verfärbtem Nagel zeigte nacheinander auf Dutzende kleiner, absolut identischer Rechtecke. Das waren die einstigen Mönchszellen in der Einsiedelei, die man in einfache, nüchterne Zimmer mit gekalkten Wänden (aber vielleicht, sagte er, ich habe lange überlegt, ich weiß nicht, vielleicht ändern wir die Farbe, nur Weiß passt nicht) umgewandelt hatte, bei den meisten hatte man die Tür versetzt oder vergrößert, um ein Fenster in Augenhöhe einzulassen (du weißt gar nicht, was das kostet, beklagte sich Ké, ein ganzes Zimmer neu zu machen), dann hatte man sie mit einem breiten, bequemen Bett, einem Sessel, einem platzsparenden Schrank und einem Schreibtisch ausgestattet. Wenn ich erst mal hier raus bin, sagte Kérim, ziehe ich mich da oben hin zurück und nehme verstoßene Kranke, Verrückte und Lahme auf, so viele Leute, wie Platz ist, ohne Diskriminierung – von da oben sieht man anders, sagte Kérim nachdenklich, kein Geruch nach Plastik und Äther, kein Gestank, vielleicht ist es im Winter nicht ganz ideal, gab er zu, ich weiß nicht, ob du dich erinnerst, dass die Plattform hinten von einer Art Grotte verschlossen ist, aber Kälte und Feuchtigkeit stören mich nicht. Kann sein, dass ich mich an das Klima gewöhnt habe, schließlich bin ich hier geboren.

Der endgültige Abschluss der Bauarbeiten war für März vorgesehen, also in knapp drei Wochen, aber selbst unter der Führung von Oscar, den Ké mit Bewunderung in den Augen als entschlossen und entgegenkommend beschrieb, war es wenig wahrscheinlich, dass die Frist eingehalten würde. Auf jeden Fall brauche ich Zeit, wieder auf die Beine zu kommen, sagte Kérim plötzlich sehr ernst, und es kam mir vor, als hätte er parallel zum Plan für die Bauarbeiten einen sehr genauen Heilplan aufgestellt, bereits die Besserung seines Zustands und mögliche Rückfälle, kurz alle Unwägbarkeiten auf dem Weg seiner Genesung einkalkuliert. Ich dagegen hatte schon Mühe, den Nebel der nächsten Stunde, des nächsten Tages zu durchdringen … Aber diese Gedankenprojektion war für Ké zweifellos eine Notwendigkeit, ebenso wie die, sich selbst als wissenschaftliches, medizinisches Studienobjekt darzustellen, als sei es jemand anderes, der litt, um sich etwas von dem ständigen Schmerz zu distanzieren, der ihn hilflos wie ein Korken auf dem kommenden und gehenden Wasser treiben ließ. Denn heute ist ein glücklicher Tag, stieß er hervor, während er sich aufrichtete und hustete, sie haben endlich einen Knochenmarkspender für mich gefunden, und sobald die nächste Chemo vorbei ist, kann ich die Transplantation erhalten. Und dann, sagte er und tat, als werfe er etwas in die Luft … Das klappt, kein Problem, ich kenne mich … Das klappt, wiederholte er leiser. Ich hätte nicht sagen können, ob Kérim wusste, dass Gazi der passende Spender war, und ob er Oscar Anweisungen gegeben hatte, seinen Bruder zur Unterzeichnung der Dokumente zu zwingen, mit denen er der Entnahme und Verwendung seines Knochenmarks zustimmte (was, wie ich lange danach erfuhr, obwohl jeder Gazis großes Widerstreben hatte wahrnehmen können, allen absolut normal vorkam, den Ärzten und den Angehörigen, die sich eher über Gazis kriminelles Zögern und das unerklärliche Fehlen von Pflichtgefühl aufregten als über Oscar, der ihn offenkundig unter Druck gesetzt hatte), oder ob er, isoliert, ohne Nachrichten, in seinem persönlichen Untergang, keine Details erfuhr, um sich seinem gewaltigen, utopischen Plan zu widmen, ob er den Sand seiner Gedanken als Mörtel ansah, um auf dem Berg Schlösser zu errichten und das Unsichtbare um sich herum, die Stille und die Leere mit Wunschvorstellungen zu füllen, die für ihn Gestalt angenommen hatten.

Ich hatte übrigens das unangenehme Gefühl, dass Oscar Ké und seine Mittel weidlich ausnutzte, fast hätte ich gesagt seine Güte, aber Kérim war nie gut gewesen, zumindest wäre es nicht das, was ich spontan über ihn sagen würde. Aber vielleicht war ich einfach nur eifersüchtig auf Oscar, dem Kérim aufrichtig verbunden zu sein schien, weit mehr als durch die Dienste, die er ihm erweisen konnte, ich bin, sagte ich mir, wie jene abgelegten Liebhaber, die in all der Zeit, die sie allein verbracht haben, weiter von der geliebten Person besessen bleiben. Wenn sie zurückkommen, erwarten sie, zum Dank für die Beständigkeit ihrer Gedanken und ihrer Liebe ihren Platz wieder einnehmen zu können. Sicher aus Angst, ihm auf irgendeine Weise zu missfallen, indem ich Oscar denunzierte oder den Anschein weckte, ihn selbst zu beschuldigen, seinen Bruder gezwungen zu haben, erzählte ich meinem Freund nichts von der Szene im Pausenraum, die ich gerade beobachtet hatte.

Sowieso mochte ich Ké, glaube ich, noch mehr, wenn er geheimnisumwittert war und ich wenig über seine Beweggründe, seinen Alltag wusste und sein ganzes Leben das Terrain einer spannenden Erkundung blieb, die ich nach Belieben führen konnte, meistens unterstützt von Kérim selbst, den meine Neugier amüsierte und schmeichelte – ich mochte auch mich selbst mehr, wenn ich gelegentlich dieser Schnitzeljagd nachging, die seinem Glanz diente, das war ihm bewusst, und bei der die Wahrheit nur Beiwerk war, das niemandem nutzte, am wenigsten mir … Auch an diesem Tag stellte ich ihm keine Fragen, weil ich das wunderbare Bild von ihm und unserer Freundschaft bewahren wollte, und überließ ihn seiner Freude.

Ich wartete bis zum nächsten Tag, um Kérim von den Schwierigkeiten zu erzählen, in die ich mich vorsätzlich gebracht hatte, von Lily (bei ihm hatte ich, keine Ahnung weshalb, wenig Lust, sie Cat zu nennen), von der Armee, von der ich genug hatte, ja vor der mir nur noch graute, schließlich von meiner Fahnenflucht und meinem dringenden Geldmangel. Könnte er, das war die Antwort, ohne zu überlegen und ziemlich feierlich, könnte er mir helfen zu fliehen, mit dieser Lily oder ohne sie, würde er es natürlich tun, und er fügte, mühsam mit einem Auge zwinkernd, hinzu, das schulde er mir wohl. Vorläufig schlug er mir vor, mich in der Einsiedelei niederzulassen, jetzt, wo sie bereits bewohnbar war, und mich dort so lange wie nötig zu verstecken, allein oder in Gesellschaft, sagte er aufmerksamerweise dazu. Da er den Eindruck machte, alle Probleme so mühelos und geradezu magisch zu lösen (wobei meine Probleme teilweise von ihm oder von seiner Umgebung oder meiner Rückkehr nach C. verursacht worden waren, das war mir bewusst), ging mein leicht zu beeinflussender Verstand zwar nicht so weit, Kérim für einen Wundertäter zu halten, neigte aber zur Annahme, dass er doch ein bisschen mehr als nur ein Mensch war, dass diese Tatsache in Anbetracht unserer besonderen und einzigartigen Beziehung vielleicht nur mir deutlich wurde und ich der Einzige war, der von seinen Gaben profitierte. Ich täuschte mich. Ké wollte seine Freigiebigkeit möglichst vielen zuteilwerden lassen und für das *anerkannt* werden, was er zu sein glaubte, ein außergewöhnlicher Mensch. Auf jeden Fall redete er mir zu, über seinen Vorschlag nachzudenken, aber nicht zu lange, sagte er, denn er fand es unnötig, meiner Mutter länger Mühe und Sorgen zu machen, die er, das war ein Ritual, herzlich grüßen ließ – er unterließ es, absichtlich oder unabsichtlich, wie sollte man in seinem Zustand des Vergessens genau über seine Verantwortlichkeit urteilen, Cat in seinen Gruß einzubeziehen. Dann verabschiedete er mich und nuschelte, wie zu sich selbst, man müsste sich doch irgendwie um diesen komischen Feldwebel kümmern, wenn man Zeit hätte. Und obwohl ich panische Angst davor hatte, was er diesbezüglich unternehmen könnte, ging ich, ohne ihn zurechtzuweisen, ich fand es gewagt, ihm, meinem Wohltäter, zu widersprechen, und redete mir auf dem Rückweg ein, dass ich ihn wohl nicht richtig verstanden hatte.

Der Monat Februar war ganz und gar ausgefüllt mit unserem Umzug in die Einsiedelei und Kérims Transplantation. Meine Mutter hatte überhaupt keine Lust, uns gehen zu lassen, nicht mal in ein sichereres Versteck, sie und Cat verstanden sich immer besser (mag sein, das Cat ihr etwas vorspielte, aber dann tat meine Mutter, als bemerke sie es nicht, oder es war ihr egal), außerdem fühlte sie sich allein, mehr, als sie zugeben mochte, und wie jeder, der für einen Moment der Festung seiner Einsamkeit entkommt, hätte sie alles getan, Cat und mich sogar in Gefahr gebracht, um zu verhindern, wieder darin eingeschlossen zu werden. Ich erinnere mich an den Aufbruch: In unserem Abschied lag etwas Unwiederbringliches, etwas in der Art meiner Mutter, mich zu umarmen und mit unendlicher Zärtlichkeit an sich zu drücken, zugleich von der Furcht zurückgehalten, noch größeres Bedauern zu verspüren, man konnte fast glauben, ich würde sie nicht wiedersehen, aber auch, dass mir diesmal eine größere Gefahr drohte als bei meinem Aufbruch zur Armee und in den Krieg. Als ich über die Schwelle trat, verjagte ich die finsteren Gedanken, ich hatte nicht das Gefühl, dass ich nun ein Flüchtling geworden war, ich zog mich einfach zurück und wartete auf bessere Tage.

Eine verheißungsvolle Sonne war aufgegangen und durchbrach den Nebel, wir hatten wenig Gepäck, und ich wählte für den Aufstieg zur Einsiedelei einen steilen Pfad, der sich am Hang durch den Wald schlängelte. Es waren ungefähr zwei Stunden Fußmarsch, aber erstaunlicherweise protestierte Cat nicht. Sie zeigte alles in allem großen Mut, ich meine, körperlichen Mut, sie stieg in ihrem Rhythmus, fast ohne Pause, bergan, verstauchte sich trotz ihrer hohen Absätze nicht die Knöchel, wenn sie auf dem unebenen Pfad auf Wurzeln trat, jammerte nicht, schimpfte nicht. Ich glaube, in Erwartung einiger Stunden, Tage oder auch

Jahre von Flucht und Isolierung dort oben hatte sich Cat bereits in sich selbst zurückgezogen, hatte sich zur Kugel eingerollt, an der alles abgleiten würde, Anstrengung, Feuchtigkeit, fehlendes Glück, der Umgang mit mir und das Unglück, das mir schon immer wie etwas Flüssiges vorgekommen war. Ich hingegen versuchte, mich dem Schauspiel der Natur zu öffnen. Aber nachdem wir unter das Dach der Tannen gelangt waren, deren Wipfel und tiefes Grün uns aus der Ferne vielleicht angezogen hatten, beherrschte ein Braun der Zersetzung die Aussicht, krumme, verflochtene Äste und Blättermatsch im Unterholz, dessen Nuancen die blasse Wintersonne ebenso wenig beleben konnte, wie sie die zarten Triebe erwärmte, die bald triumphieren würden. Vielleicht hätte ich allein sein müssen und Cats hartnäckiges Schweigen war nur das meine. Aber sie bahnte sich ihren Weg ohne Nachsicht für die erbärmliche, durchnässte Landschaft, hängte mich regelmäßig ab und zwang mich, schneller zu gehen, als ich wollte. Und mitten am Vormittag, früher, als ich erwartet hatte, stiegen wir vorsichtig eine Treppe hinunter, die auf das schmale Plateau führte, wo sich Kés letztes Refugium in strahlendem, einschüchterndem Weiß vor unseren Augen langsam aus dem Nebel schob.

Von unten hatte mich dieser Adlerhorst an eine Wunde erinnert, die sich der Berg selbst beigebracht hatte, als hätte man so lange am Felsen gekratzt, bis die Bäume zerstört und entwurzelt waren, als hätte man aufgerissen, was anfänglich ein bloßer Einschnitt gewesen und nun eine richtige Narbe war. Unterwegs, beim Blick durch vereinzelte Öffnungen im Laubdach, hatte meine Vorstellung sich verändert und das, was man vom Plateau erkennen konnte, bald an einen zahnartigen Auswuchs, einen übergroßen und unentwurzelbaren Backenzahn, bald an einen wulstigen Mund, den Ausgangspunkt eines menschlichen Gesichts erinnert, das an einer Seite des Bergs im Entstehen war. Jetzt aber, aus der Nähe, war mein Eindruck wieder anders: Es war ein geradezu unwirklicher Ort, wie vielleicht die Einsiedeleien in Thebais, manche Inseln oder auch Wüsten, die der Krieg verschonte. Die Scheinwerfer waren ausgeschaltet. Es gab keinerlei Spuren von Arbeiten, einer Baustelle oder irgendwas Unvollendetem. Alles war sauber und perfekt, das heißt, die Gebäude, die wir entdeckten, hätten nicht anders gebaut sein können: Sie sahen aus wie neu und zugleich wie vor Urzeiten aus dem Boden gewachsen, alt, aber von der Geschichte verschont und ständig vom Wind gereinigt, der wirbelte, dafür sorgte, dass nichts sich dauerhaft absetzte, und alles forttrug, alles. Ich hatte fasziniert die Augen aufgerissen. Cats Augen blieben halb geschlossen auf den Boden vor sich gerichtet, sie zitterte. In der Annahme, wir teilten dasselbe Gefühl von Bewunderung und Erschrecken, nahm ich sie in die Arme, aber sie versteifte sich, wehrte mich ab. Ärgerlich stieß ich sie schließlich von mir, wandte ihr den Rücken zu und kümmerte mich nicht mehr um sie, öffnete die Tür der Einsiedelei mit dem Schlüssel, den mir Oscar gegeben hatte, und ging hinein, nahm den Geruch nach frischer Farbe, den jungfräulichen Geruch in mich auf.

Den Rest des Tages wandelte ich von einem Ende des Gebäudes zum anderen, ging Cat aus dem Weg, inspizierte jede Zelle, stieg vom Dachboden, der als Gemeinschaftsraum mit Fernseher und nicht besonders bequem aussehenden Sofas eingerichtet war, hinunter in den Keller, der mit Notwendigem und Überflüssigem gefüllt war, Wasser, Nudeln, Reis, Konserven, Champagner, Gasflaschen und Kocher, Kartons mit den teuersten Küchengeräten und andere Lebensmittel, die sicher für eine lange Belagerung reichten. Doch nachdem ich das Haus einmal betreten hatte, wagte ich mich trotz der unberechtigten Feindseligkeit, die mir Cat entgegenbrachte (dabei war es eine Art Paradies, das ich ihr dank meiner Beziehungen zu Füßen legte), nicht mehr hinaus, hinauf bis zum Berggipfel oder auch nur, um noch das Hotel zu erkunden, das nur wenige Meter entfernt war, oder, noch näher, die Grotte rechts der Einsiedelei, am Fuß der Treppe, aus der das ohrenbetäubende und eisige Rauschen einer Quelle drang. Es war keine plötzliche Angst vor den Gendarmen oder davor, von einem verirrten Spaziergänger erkannt und angezeigt zu werden. Zunehmend ernüchtert vom pensionsartigen Anstrich der Einsiedelei, hatte ich einfach das Gefühl, ich würde in diesen Mauern kein Zuhause finden, sondern eher ein weiteres Mal in einem Hotel stranden, deshalb fand ich es unnötig, hinauszugehen und mich den Sehenswürdigkeiten oder Besonderheiten eines Ortes auszusetzen, der niemals meiner sein würde, an dem ich nur ein Durchreisender war; der Katzenjammer, der an solchen Orten unweigerlich in mir aufstieg, hatte mich wieder gepackt.

Es wurde Abend und wir waren immer noch allein. Ich hatte keine drei Worte mit Cat gewechselt. Aber nachdem sie die Eingangstür verriegelt und alle Fensterläden geschlossen hatte, was eine ebenso beträchtliche wie absurde Arbeit war, begann sich Cat sichtbar zu entspannen. Ich wollte gerade die Tür der Zelle in der zweiten Etage schließen, die ich mir ausgesucht hatte, als sie vor mir auftauchte, ohne ihre Sachen, die irgendwo am anderen Ende des Gebäudes geblieben waren; sie kam herein und schloss die Tür hinter sich. Dort, und ohne mehr Worte als üblich, verbrachten wir die Nacht.

Am nächsten Tag und an jedem folgenden, egal, wie das Wetter oder meine Laune war, ging ich zu Fuß den Berg hinunter, um Kérim zu besuchen. Ich weiß nicht, warum mich dieser Marsch bis zum Krankenhaus und mehr noch der Rückweg zur Einsiedelei an meine Schulzeit erinnerten, vielleicht wurde ich wieder zum Kind, da ich die Brücken zu dem, was bisher mein Leben gewesen war, abgebrochen hatte und möglicherweise gesucht wurde, und spielte, vorsichtig wie ein Indianer oder ein Soldat zu sein, vor allem in C. und in der Umgebung des Krankenhauses, vor dem Oscars Männer Wache standen, um jede unliebsame Überraschung zu vermeiden, vielleicht auch einfach nur, weil sich dieses Hin und Her als unnötig erwies. Gazis Knochenmark war einige Tage zuvor entnommen und gereinigt worden. Für Kérim galt absolute Isolation, Besuche waren verboten. Die Vorbereitung zur Transplantation hatte begonnen.

Am Morgen unseres achten Tags in der Einsiedelei, während sich mühsam die Routine des etwas seltsamen Paares einstellte, das Cat und ich bildeten, tauchte Oscar auf. Nachdem er mehrmals am Eingang geklingelt (über der Tür hing ein Glöckchen mit einer Schnur daran, die weder Cat noch ich bemerkt hatte, und wir hatten nicht gleich begriffen, was dieses schrille Gebimmel bedeutete) und einen Moment gewartet hatte, schloss er mit seinem eigenen Schlüssel auf, und nachdem er uns, jeden in seinem Zimmer, gefunden hatte (ich kann nicht sagen, dass es mir angenehm war, ihn plötzlich auf meiner Schwelle stehen zu sehen, und noch weniger, dass er sich erlaubt hatte, Cats Zimmer zu betreten, um sie zu wecken), stellte uns Oscar sehr affektiert seine Eltern vor, die ebenso fasziniert wirkten, wie ich bei meiner Ankunft gewesen war, und mir ebenso wenig Aufmerksamkeit schenkten wie seine kleine Schwester, nicht älter als zehn oder zwölf. Cat hatte einen guten Tag (unabhängig von mir hatte sich ihre Laune ständig verbessert, seit wir hier waren, sie strahlte), sie beendete die verlegenen Höflichkeitsfloskeln, die wir seit ein paar Minuten austauschten, und nahm Oscars Familie mit zu einer vollständigen und begeisterten Führung durch die Einsiedelei, worüber sich der Vater freute, der sich diskret das Haar und seinen buschigen Schnurrbart glatt strich, und die Mutter etwas weniger, sie war eher empört, dass eine Fremde sie durch das Gebäude führte, in dem sie sich, wie ihr Sohn ihnen versichert hatte, wie zu Hause fühlen könnten. Während des Rundgangs wartete Oscar draußen auf mich. Nachdem er sich eine Zigarette angezündet hatte, zeigte er auf einen korpulenten, mit einer Unmenge Gepäck beladenen Mann. Das ist Maji, sagte Oscar, er wird mit euch hier wohnen, er kocht sehr gut, er ist diskret und wird auf meine Familie aufpassen, vor allem auf meine kleine Schwester. Anweisung von Kérim, ergänzte er, nachdem er mich schweigend gemustert hatte. Ich wusste nicht, ob ich Oscar danken oder protestieren sollte. Als ich in meine Zelle zurückging, nachdem er verschwunden war, und als ich mich in der folgenden Nacht in meinem Bett herumwälzte, machte ich mir unaufhörlich Gedanken über die Macht, die Oscar plötzlich über uns besaß, während Kérim im Krankenhaus um sein Leben kämpfte.

Die ganze Woche über strömten neue Bewohner in die Einsiedelei, so unterschiedlich wie sie nur sein konnten: ein Maler und eine Schriftstellerin, er stand unter Schock und schien im Begriff, einen Schlussstrich unter sein Leben zu ziehen, sie, ebenso unverschämt wie schüchtern, ertrug keinen Lärm und keine unkorrekten Sätze, dann ein arbeitsloser Ingenieur und kurz darauf ein Mann, dessen Spirituosengeschäft zugemacht hatte, begleitet von zwei jungen, im Wortsinn zerlumpten Dichtern, Mexikaner oder Chilenen; ein Holzfäller und Schnitzer gesellte sich ebenso zu uns wie ein Viehzüchter aus der Gegend, der gerade aus einer psychiatrischen Klinik kam und den Oscar in dem Park kennengelernt hatte, der in einem großen Bogen das Krankenhausgelände von C. säumte, eine ledige Mutter, wie man sagt, anfänglich schwierig und aggressiv, mit ihren vier Kindern, fast alle noch klein, ein Pensionär, der seine Miete nicht mehr bezahlen konnte und sehr schlecht roch, gefolgt von einem charmanten Flugzeugpiloten, Opfer aller nur denkbaren Süchte, der Kérim früher in dessen kleinem Zweisitzer irgendwohin geflogen hatte. Dann, am Abend des dritten Sonntags, den wir in der Einsiedelei verbrachten, trafen Kérims Eltern ein.

Sie wurden von Oscar begleitet, der sie sehr respektvoll behandelte, Handgelenk und Ellbogen von Kérims Mutter Hayet hielt, um sie die ungleichmäßigen Stufen zum Haus hinaufzuführen, und zugleich mit gekünstelter Steifheit Kés

Vater den Vortritt ließ. Trotz seiner Aufmerksamkeit wirkten Kérims Eltern sehr verstört. Sie sahen nicht aus wie Ehrengäste, eher wie Gefangene. Ich hatte erlebt, wie man große Stammesführer, die gefangen genommen wurden, nachdem sie mehrere Angriffe übertrainierter Truppen zurückgeschlagen hatten, in unserem Basislager mit ähnlichem Respekt empfangen hatte, unter dem gleichen Schweigen wie dem, das eintrat, als Kés Eltern die Einsiedelei betraten, eine absichtslose Stille, die nur an Gewalt und Tod denken ließ. Dabei sahen die beiden nicht wie Furcht einflößende Feinde aus, sie waren so zerbrechlich … Zwei ängstliche Wesen, die ihr Sohn aus dem kleinen Haus, in dem sie sich verkrochen, hatte holen und dann auf dieses Plateau werfen lassen, wie man Unschuldige an die Front wirft, und die er zwang zu leben, wo er es wollte, aus Gründen, die ihr Verständnis überstiegen, und dieser Vater und diese Mutter, die jetzt Kindern glichen, kamen aneinandergeklammert herein, rechneten mit einer Strafe, die sie nicht verstanden, nach Regeln, die sie nicht verstanden, das alles, so empfanden sie es, wie ich zu spät begriff, weil sie einen Dämon zur Welt gebracht und geliebt hatten, der das Aussehen eines Engels angenommen hatte … Das erklärte für sie auch die so früh ausgebrochene Leukämie, Kérim war in Wirklichkeit ein Dämon … Als Hayet, die schwerfällig bis in die oberste der drei Etagen gestiegen war, in Tränen ausbrach, griff ich ein und führte sie, nachdem ich mich ihnen in Erinnerung gebracht und Oscar so mühsam beiseitegeschoben hatte, als wiege er eine Tonne (als hätte ihm Kérim vorausschauend den größten Teil seiner Kraft überlassen, ehe er schwach wurde), in eine freie Zelle neben meiner, in der ich ein zusätzliches Bett aufstellte. Hayet hörte nicht auf zu weinen. Liem, ihr Mann, sah ein, dass es vergeblich war, sie trösten zu wollen, er schaute zu mir auf und schien mich zum ersten Mal zu erkennen. Du auch, Charles, du auch, sagte er. Dann begann er sich umzusehen, als habe er noch nicht bemerkt, wo er war. Gefällt es dir hier, fragte er mich, ist es gut?

Während der folgenden Tage geschah etwas Seltsames: Trotz des natürlichen Misstrauens (ich fand es natürlich), das wir einander entgegenbrachten, trotz der Angst vor dem Unbekannten, die die meisten empfanden, und vor der Zukunft, die allein von Kés Willen oder vorläufig von seinem allgegenwärtigen Vertreter Oscar abzuhängen schien, begannen die Bewohner der Einsiedelei zusammenzuleben, befangen und unter Druck begann unser kleines Volk von Exilanten sich zu organisieren, so gut es ging, dann allmählich auszutauschen, was sich austauschen ließ, Ratschläge und später Zeichen von Zuneigung und Unterstützung. Und es ist bemerkenswert, dass, obwohl wir fast nichts voneinander wussten und obwohl selbst dieses »fast nichts« bei unserem Eintritt ins *Wolkenhaus*, wie einige es nannten, ins *Kloster*, wie andere prosaischer sagten, in ein *Gefängnis*, wie Cat und ich oft dachten, wie hinweggefegt war bei unserer Ankunft, die uns unser früheres Leben vergessen ließ, als wären wir durch eine Zaubertür getreten, unser Hauptgesprächsthema von Anfang an nicht unser persönliches Elend war, sondern Kérim, seine Vergangenheit, seine Verdienste und vor allem sein Gesundheitszustand.

Die letzte Phase einer »Induktionstherapie« genannten

Chemotherapie mit dem Ziel der vollständigen Reinigung von Kérims Knochenmark, dessen schwere Funktionsstörung der Ursprung seiner Krankheit war, zog sich in die Länge. Man musste mehrfach neu ansetzen, ehe man diese Etappe abschloss, die sechs Wochen länger dauerte, als es das Behandlungsprotokoll vorsah, nämlich dreimal eine Woche Behandlung durch die Injektion hochtoxischer Medikamente und eine Woche Erholung, an deren Ende eine Knochenmarkprobe entnommen und untersucht wurde – wenn die Aplasie nicht vollständig war, das heißt, falls ich es richtig verstanden habe, wenn Kés Knochenmark weiter Krebszellen produzierte, musste man den gesamten Vorgang wiederholen. Schließlich, als Kérim im Begriff war, um Gnade zu bitten und das Handtuch zu werfen, gelang es, den Krebs in ihm vorübergehend zu eliminieren, so zumindest verstand ich die Erklärungen, die man uns gab, zugleich hatte man einen großen Teil der gesunden Zellen zerstört, gleichermaßen rote und weiße Blutkörperchen, es gab keine Farbe mehr in seinem Innern, gar nichts mehr, legte er mir später dar, er fühlte sich so leer, wie er es nie erlebt hatte, als sei er nur noch Haut, obendrein trocken und gereizt, eine Hülle ohne Inhalt, behauptete er, weshalb ihn die kleinste Bewegung anstrengte. Aber so war es halt: Die Transplantation brauchte ein freies Feld, wenn ich so sagen darf, einen sauberen Platz, um angenommen zu werden.

Was folgte, hat mir Kérim nie genau beschreiben wollen, sein Vater Liem vertraute mir, zusammen mit den anderen in der Einsiedelei, Tag für Tag ein paar Einzelheiten an, denn er war der Einzige, den Ké während des Prozesses der Transplantation zu sich gerufen hatte, während er kategorisch jeden Besuch von Oscar oder mir ausschloss, auch den seiner Mutter, deren ständige Flennerei, das waren die Worte, die uns Liem im Ton einer Offenbarung übermittelte, er in seinem Zustand nicht ertragen könne, diese Regel gelte bis zu seiner Genesung und, sagte er auf merkwürdige Weise zu seinem Vater, aber es war auch so, dass sein Fieber zu diesem Zeitpunkt selten unter vierzig fiel, bis zu seinem *Triumph*. Auf unser Bitten berichtete uns Liem zunächst von der eigentlichen Transplantation, ein seiner Meinung nach uninteressanter Bericht, auch wenn er und sein Sohn sich ein Riesending darunter vorgestellt hatten, so oft hörten sie dieses Wort von den Ärzten in geradezu religiösem Ton, als handelte es sich um einen mächtigen Zauber, der alles auf der Stelle lösen könne. An dem für die Operation vorgesehenen Tag hatten sie zunächst den Aufbau eines großen chirurgischen Apparates erwartet, der allein die vollständige Umkehrung der Situation erlauben würde, die man ihnen verheißen hatte, dann womöglich eine Prozession mit spitzen Kapuzen und Räucherschalen, der man natürlich das *Transplantat* vorantragen würde, das Gazi entnommene Knochenmark (bis dahin, merkte Liem lachend an, dachte ich, es handele sich um kleine Knochenteilchen, ein Stück Knochen meines anderen Sohns, zu Pulver zerstampft, damit Ké es mit Wasser schlucken könne), in einer Urne, wie eine heilige Reliquie. Tatsächlich gibt es nichts Banaleres und Enttäuschenderes als eine Knochenmarktransplantation. Nicht zur festgelegten Uhrzeit, sondern als er und Kérim schon mit ihrer Geduld am Ende waren, mit einer Stunde Verspätung brachte man einen dicken Plastikbeutel, der mit einer roten Flüssigkeit gefüllt war, aber nicht blutrot, eher rosa, wie von etwas Grenadinesirup gefärbtes Wasser, die sich im Tageslicht deutlich orange färbte. Eine Krankenschwester befestigte den Beutel an dem Katheter, den Kérim ständig in der Brust hatte, öffnete einen Hahn, und langsam kroch die geweihte Flüssigkeit bis zum Herzen, in Blut und Leib seines Sohnes. Nach anderthalbstündiger Transfusion ertönte ein Signal. Der Beutel war leer und ich hatte das Gefühl, sagte uns Liem, dass etwas Schreckliches geschehen wird, wenn man meinen Sohn nicht sofort abkoppelt, aber niemand machte sich die Mühe zu kommen. Nach einer Viertelstunde, als ich schon im Begriff war, mit meinen schweißnassen Laienhänden, meinen zitternden Laienhänden selbst den Schlauch zu entfernen, der ihn mit dem Beutel verband, kam eine Schwester, *nicht dieselbe wie die, die das Mark gebracht hatte*, ins Zimmer, nachdem sie sich *kaum die Hände gewaschen* hatte, ich habe es gesehen, ich hatte Lust, sie anzuzeigen, sie ging an mir vorbei und stellte den Alarm ab, nahm den Beutel vom Haken und trug ihn hinaus, ohne uns einen Blick oder ein aufmunterndes Wort zu schenken, und alles war vorbei.

Nun begann der Fortsetzungsroman des eigentlichen Prozesses, das heißt der Annahme oder Abstoßung, mit der Kérim auf das Transplantat, Gazis Mark, reagieren würde, ein Fortsetzungsroman, den jeder in der Einsiedelei voller Anteilnahme verfolgte und kommentierte und von dem jede Folge und jede Wendung ungeduldig erwartet wurden, wobei sein Ausgang, Kés vollständige Heilung oder sein Rückfall, ein sehr vager Ausgang für die meisten der

Zuhörer blieb, die einfach hofften, die Serie werde nie enden. Jeden Tag oder fast jeden brachte uns Liem, ziemlich angeschlagen, aber um Haltung bemüht, ein detailliertes Gesundheitsbulletin aus dem Krankenhaus mit, das die Fieberkurve im Tagesverlauf, den Blutdruck und eine Blutanalyse von Kérim umfasste, und jeden Abend versammelten wir uns nach der gemeinsam eingenommenen Mahlzeit im Speisesaal des früheren Hotels und palaverten stundenlang, ohne uns darüber Gedanken zu machen, von Maji gehört zu werden, der übrigens seine Rolle als Koch sehr ernst nahm und sich kaum für uns interessierte, um zu klären, ob eine Verbesserung des Allgemeinzustands des Kranken wahrnehmbar war oder nicht (das war das Einfachste), dann, ob der Kranke auf gutem Wege war oder vielmehr ein dramatischer Absturz folgen würde. Wir schlugen uns mit Diagrammen, Analysen und obskuren Diagnosen herum (unweigerlich rezitierte der Dichter Pacheco vor dieser Mühsal auf Spanisch ein kurzes Gedicht von Walt Whitman, wie ein kurzes Gebet), wenigstens denen, die Liem erhielt und die aus langen Zahlen- und Symbolreihen, zahlreichen Lücken und unbekannten Maßeinheiten bestanden, und meistens, wenn wir uns schließlich einig waren, Kérims Zustand ausgehend von dem einen oder anderen Befund, den wir für wichtig hielten, als *gut*, *ermutigend*, *stabil* oder *besorgniserregend* zu bezeichnen (Begriffe, die für uns zu den Ärzten, zum Medizinerjargon zu passen schienen), wurden wir tags darauf eines Besseren belehrt, wenn Liem, der nicht schon wieder mit dem Stationsarzt, dem ziemlich bekannten und anerkannten Professor Auteuil, hatte sprechen können, erneut den diensthabenden Oberarzt belästigt hatte, der unsere Gedankengänge bestenfalls als etwas abwegig bezeichnete, weil wir bestimmte Elemente nicht genügend berücksichtigt hätten und weil wir nicht vom Fach seien und es uns unmöglich sei, die zahlreichen und komplexen Befunde, die jeden Tag einträfen und die selbst er zu interpretieren zögere, korrekt zu verstehen, schlimmstenfalls als idiotisch, und er empfahl Liem, nicht zu versuchen, den Analysen weitergehende Aussagen zu entlocken, als sie ihm offenbaren könnten, dem Oberarzt der Station, dessen Arbeit es sei, anders als Liem, der in einer Reinigung arbeitete, dann verabschiedete er ihn mit der Versicherung, er werde in jedem Fall benachrichtigt, sobald sich etwas ändere, zum Guten wie zum Schlechten. Nach zwei Wochen begriffen wir, dass die Zahl der Blutplättchen und der weißen Blutkörperchen die Werte waren, die man besonders im Auge behalten musste, aber wir konnten immer noch nicht festlegen, was in Mikrogramm die Schwelle war, oberhalb derer wir den Beweis hätten, dass ein Mark das andere sozusagen unbeschadet ersetzt und begonnen hatte, ausschließlich gesunde Zellen zu produzieren.

Eine andere bemerkenswerte Tatsache aus jener Periode, während der Zeit, in der das bestand, was ich wegen meiner leidenschaftlichen Lektüre (ich hatte viel Zeit zu lesen) von Tolkien, George Orwell, Jack London und Whitman, den mich einer der beiden bolivianischen oder chilenischen Dichter hatte entdecken lassen, die *Gemeinschaft der Einsiedelei* nennen möchte, war meiner Meinung nach der unglaubliche Optimismus, der mich ergriff (obwohl ich mich immer noch in einer schwierigen, mindestens misslichen Situation befand, versteckt zwischen Fremden, denen ich meine Situation nicht lange verheimlicht hatte und die mich jeden Tag anzeigen konnten), und nach ihren von morgens bis abends strahlenden Gesichtern zu urteilen, hatte dieser Optimismus gleichermaßen die Mehrheit meiner Nachbarn und Gefährten ergriffen, was unter anderem dazu führte, dass wir uns weigerten, Liem zu glauben, als er die möglichen Folgen einer Abstoßung des Transplantats durch Kérims Körper erwähnte, eine Möglichkeit, die nicht groß war, aber nicht völlig ausgeschlossen werden konnte, zumal Ké, das war mittlerweile in der Einsiedelei allgemein bekannt, Gazi, alles, was von Gazi kam, und wahrscheinlich auch sein Knochenmark aus ganzer Seele hasste. Aber mein Optimismus betraf nicht nur Kés mögliche Heilung. Meine Zukunft, wie die von Cat, schien mir plötzlich trotz der realen Angst, von den Gendarmen gefunden zu werden oder dass der Feldwebel eines Tages versuchen könnte, Cat zurückzuholen, unerklärlich strahlend. Aber die Vision dessen, was uns erwartete, auch wenn sie künstlich des Wahrscheinlichen und Schlimmsten entledigt zu sein schien, war nicht einfach ein Traum. Ich fühlte mich einfach nicht mehr isoliert, ohne es wahrhaft gewollt zu haben, ich war plötzlich nicht mehr von dem kranken Gedanken gefangen, nie das Licht gesehen zu haben, und ich war inmitten der anderen viel glücklicher als bei der Armee, wir hatten ein gemeinsames, ein hehres Ziel, so lächerlich es auch im Augenblick erscheinen mochte. Ich überraschte mich dabei, den ganzen Tag lang vor mich hin zu singen, ohne es zu merken, wie von einer Melodie getragen, nach der ich immer gestrebt hatte.

Oft produzierte sich der Holzfäller nach dem Abendessen vor einem nachsichtigen Publikum als Sänger, begleitet vom Piloten an der Gitarre und, wenn er nicht an Arthritis litt, vom Pensionär Henri an der Geige, oder, und das war mein Lieblingsprogramm und ganz einfach das Einzige, das die beiden Dichter ansprach (sonst hielten sie sich abseits, diskutierten angeregt auf Spanisch und saßen dann lange schweigend nebeneinander, oder sie deklamierten mit großen Gesten, nachdem sie ihr einziges Exemplar der Zeitschrift *Clarin* wieder und wieder gelesen hatte), Oscars Vater Laridson willigte ein, nachdem er sich lange genug hatte bitten lassen, *a capella* zu singen, wobei er die Augen schloss: *Amou daquela vez como se fosse a última, Beijou sua mulher como se fosse a última, E cada filho seu como se fosse o único, E atravvessou a rua com seu passo timido, Subiu a construçáo como se fosse máquina* … Und so ähnlich, wie wir sangen, schüchtern zuerst, dann allmählich befreit, redeten wir ausgiebig, unter uns, ganz ungezwungen, beim Essen, mit vollem Mund, während wir Runden auf dem Hof drehten, der von den beiden Gebäuden begrenzt wurde, während wir Wäsche aufhängten, die jetzt fast alle Flure der Einsiedelei füllte, oder bei einem vorsichtigen Ausflug in den Wald, über unsere persönlichsten Sorgen und unsere Probleme, aber auch über die Gründe, die wir hatten, uns nicht der Melancholie hinzugeben.

Es kam jedoch vor, nachdem wir einerseits die Transplantation unter allen Gesichtspunkten besprochen hatten und eine Zeit lang auf neue Informationen verzichten mussten, und andererseits, jeder für sich und jeder mit jedem, einzeln oder in der Gruppe unser persönliches Unglück und Verzagen ausführlich dargelegt hatten, dass sich ein gewisser Überdruss einstellte, der uns, glaube ich, dazu brachte, über unsere Anwesenheit in der Einsiedelei nachzudenken und im Verlauf unserer Gespräche, die immer effizienter und vollkommener wurden, weil wir einander immer besser kannten, unsere Erinnerungen an Kérim auszutauschen, die gründlichsten Nachforschungen über ihn anzustellen, ohne dass einer von uns das Gefühl hatte, Polizeiarbeit zu verrichten, die wir nur verachten konnten. Ingrid, die ledige Mutter, führte uns gleich an einem der ersten Abende, die wir alle zusammen zu verbringen schafften, Kérims unglaubliche Großzügigkeit vor Augen, sie von ihrer Rolle als Hehlerin befreit zu haben, die sie seit mehr als einem Jahr für die Dealer seiner Truppe spielte, ein Job, den sie wohl oder übel hatte annehmen müssen, um zu überleben, wie sie argumentierte, um ihre vier Kinder zu ernähren und zu kleiden, und den sie nicht hätte aufgeben können, ohne unauffällig die Wohnung zu wechseln, was ihr mangels Geld unmöglich war; außerdem hatte Kérim sie weiter finanziell unterstützt, wozu er nicht verpflichtet war, wie sie betonte, und in den Umschlag, den er ihr zuverlässig jeden Monat zukommen ließ, sogar hin und wieder, und dazu war er erst recht nicht verpflichtet, einen freundlichen Gruß gesteckt. Der Spirituosenhändler war kaum anderer Meinung, obwohl Kérims plötzliche Beendigung der umfangreichen Alkoholeinkäufe für seine Männer oder seinen großen Kundenkreis nicht wenig zu seinem Ruin beigetragen hatte, aber er sei ihm überhaupt nicht böse, fügte er mit einem ängstlichen Blick zu Maji, der in der Nähe unsere Teller abräumte, eilig hinzu, zumal er ihn ebenso entgegenkommend und rundheraus gesprächig, in der positiven Bedeutung des Wortes, musste man das erwähnen?, neugierig und zuvorkommend erlebt hatte, nachdem Kérim beschlossen hatte, völlig und für immer mit dem Trinken aufzuhören, und wenn er einen Eid ablegte, konnte man ihm aufs Wort glauben, und dann seinen Leuten und Mitarbeitern die gleiche Nüchternheit auferlegt hatte. Er jedenfalls, und das betreffe natürlich nur ihn selbst, sagte der Händler, zeigte sich begeistert von Kés eisernem Willen.

Xavier, der Viehzüchter, erzählte mir eines Tages nach langem Zögern und unter dem Siegel der Verschwiegenheit, wie er es später jedem erzählte, der ihm zuhören und etwas Aufmerksamkeit schenken wollte, wie er an einem Nachmittag im letzten Frühjahr auf einer Hochebene, zehn Kilometer von hier entfernt, Kérim begegnet war, der, als verspürte er den Wunsch, sich zu verlaufen, unter glühender Sonne und ohne die übliche und lächerliche Ausstattung der Wanderer unterwegs war, sowieso wäre Kérim nie als Wanderer durchgegangen, er ging durch die endlose öde Landschaft, die der von der Welt der Lebenden abgewandten Seite des Mondes glich, hatte Xavier schon immer gedacht und mehr noch jetzt, da er eine entsetzliche Depression halbwegs überwunden hatte, endgültig, hoffte er. Da die Neugier zu groß war, trieb er seine Ziegen in Richtung des seltsamen Mannes, des ungehörigen Mannes, das war, glaube ich, das Wort, das er benutzte, des Mannes in Hawaiihemd und weißen, geradezu strahlenden Turnschuhen, der inzwischen auf einen hohen Felsen geklettert und allem Anschein nach im Begriff war, sich kopfüber fünfzehn Meter hinunterzustürzen. Als er nah genug herangekommen war, sah er, dass der Mann weinte. Was Xavier gerührt hatte, wie er uns erklärte, waren die großen Tränen, die lautlos über Kérims Wangen flossen, ohne Stöhnen, ohne Schniefen oder Schluchzen, als bewahrte er in seiner tiefen Traurigkeit etwas von der Kalkhärte dieser Hochebene, oder als stiegen seine Tränen aus eben dieser Landschaft, aus ihren tiefsten Quellen auf. Von würdevollem Schweigen, von Zurückhaltung auf dem Höhepunkt der Verzweiflung oder der Freude, die man auch, dachte ich damals, als tiefe Unfähigkeit, seine Gefühle auszudrücken, als einen gewissen Autismus auffassen könnte, erzählte auch der Pilot, ihm allerdings war sie bei ihren wenigen Flügen wie ein jupiterianischer Respekt, das waren seine Worte, für die Großartigkeit des Himmels vorgekommen. Ich meinerseits fühlte mich nach reiflicher Überlegung, nachdem ich lange auf den richtigen Moment gewartet hatte, nämlich bis Kérims Eltern, die noch nichts wussten, zu Bett gegangen waren, eines Abends genötigt, ohne Boshaftigkeit von Kérims Jugend zu erzählen – ich wollte überhaupt nicht von mir sprechen, aber natürlich war es letztendlich unserer beider Jugend, die ich bei dieser Gelegenheit nachzeichnete.

Ich begann, keine Ahnung weshalb, mit dem Bericht über das, was Kérim seine *deutschen Nächte* nannte, von denen er mir ausführlich und trotz der unvermeidlichen Absurditäten, mit denen er seine Abenteuer ganz grundlos ausschmückte, halbwegs wahrheitsgetreu erzählt hatte. Zwei Mal im Monat verließ Ké, ohne jemandem Bescheid zu sagen, C. mit dem Zug. Er bezahlte ganz korrekt seine

Fahrkarte, aus Vorsicht, aber auch, weil er Eisenbahner und Lokführer, sogar Schaffner, viel zu sehr bewunderte, um an Betrug zu denken. Ich glaube, wenn er damals die Zeit und das Geld gehabt hätte, hätte er nichts anderes mehr gemacht, als Zug zu fahren, ohne besonderes Ziel, oder auch mit dem Schiff, den frühen Morgen in einer fremden Stadt oder auf dem offenen Meer zu genießen, er hätte segeln gelernt und wäre so was wie ein großer Reisender geworden, von einem Punkt des Erdballs zum anderen, ohne anderes Ziel, als wegzufahren. Ich erinnere mich an eine Geschichte, die er mir immer wieder erzählte, ich weiß immer noch nicht, ob sie wahr ist, ich wollte es nie überprüfen, die Geschichte eines Seefahrers in den Sechziger- oder Siebzigerjahren, der kurz davorsteht, ein Wettrennen rund um die Welt zu gewinnen, allein und nonstop, wie es so schön heißt, und bevor er die Ziellinie erreicht, ohnehin eine imaginäre Linie, hat er sich wohl gesagt, kehrtmacht, sein Funkgerät über Bord wirft und in Richtung Indischer Ozean davonfährt, nicht schneller und nicht langsamer als während des Rennens, dann an einem der Tausenden Atolle Polynesiens anlegt und allein in den Dschungel aufbricht. Kérim hätte sich gewünscht, wie dieser Seefahrer zu sein, oder besser, dass ich wie dieser Seefahrer wäre und ihn in meinem Kielwasser mitzöge – er träumte damals vor allem davon, ein anderer zu sein, diese Möglichkeit zu haben, irgendwo, weit weg. Aber vielleicht war es schon zu spät, um kehrtzumachen und einen völlig anderen Weg einzuschlagen, einen Schienen- oder Wasserweg, er war siebzehn. Während der Fahrt musste er zweimal umsteigen, in Paris und in Straßburg, ohne einen Blick durchquerte er die

Stadt der Lichter von einem Bahnhof zum anderen, um seinen Anschlusszug zu nehmen, er schlenderte dort nicht gern herum, wenn er nichts zu erledigen hatte. In Straßburg hielt er sich etwas länger auf; wenn er Zeit hatte, spazierte er gern an der Ill entlang und betrachtete lange, geradezu losgelöst von allen irdischen Belanglosigkeiten, wie er behauptete, die rote Fassade der Kathedrale, von der er mir einmal eine albtraumhafte Ansichtskarte mitbrachte.

Lauterbourg erreichte Kérim nach fast neun Stunden Fahrt, die wie im Nu vergangen war. Dort aß er eilig, zog sich um, überquerte im Wald die deutsche Grenze, ohne sich zu beeilen, und gelangte gegen Mitternacht in eins der kleinen Dörfer im Grenzgebiet, Neulauterburg, Scheibenhardt, seltener Büchelberg. Ich sehe ihn noch heute in den leeren Straßen, Waldstraße, Himmelstraße, Steubenstraße, Siegstraße, wie er seinen regelmäßigen Schritten auf dem glatten, sauberen Pflaster lauscht, unglaublich frei und zufrieden, vielleicht dachte er daran, sich am Ende, wenn seine alten Tage kämen, in diesem Schlaraffenland niederzulassen, was für ihn sterben hieße, das wusste er genau. Er lief, ohne sich zu beeilen, geschützt vom großen deutschen Mond und gegrüßt von den frischen Balkonblumen, ohne jemandem zu begegnen, bis zu den kaum beleuchteten Straßen am Feldrain, wo er sich auf die Suche nach dem Automodell machte, das man bei ihm bestellt hatte oder das gerade begehrt war, meistens ein Mercedes oder ein schwarzer Audi, den er mühelos öffnete und mit einem selbst entwickelten elektronischen Apparat kurzschloss, dann fuhr er vorsichtig davon, hielt an jeder Ampel, obwohl es keinen Verkehr gab, lachte nervös, überquerte die

Grenze etwa zwanzig Kilometer weiter nördlich bei Wissembourg und fuhr die ganze Nacht durch bis C., manchmal ganz entspannt und manchmal wie ein Henker, ohne Musik oder störende Gedanken, frei und glücklich.

Von diesen Spritztouren brachte er mir oft etwas Ungewöhnliches mit, eine gotische Inschrift, die er auf einem Grabstein gesehen hatte, ein Plakat im Bauhausstil, das ihm gefallen hatte, den Zweig eines Pfeifenstrauchs, den meine Mutter so mochte, oder etwas Besonderes zum Naschen, das er an einer Tankstelle gekauft hatte. Man kann nicht behaupten, dass ihm diese Diebstähle viel Gewinn gebracht hätten, am Anfang hatte er nicht die Kontakte, um sich falsche Zulassungen zu besorgen, und konnte sich nicht erlauben, die Autos selbst zu verticken, der Zwischenhändler, mit dem er Geschäfte machte, war keineswegs großzügig gegenüber dem sanft und friedlich wirkenden Jungen, der aus dem Nichts auftauchte und keinerlei Beziehungen hatte. Aber Ké hatte bereits genaue Vorstellungen. Von dem ersten Geld konnte er ein paar halbwegs zuverlässige Leute engagieren und musste nicht mehr selbst die gefährlicheren Touren erledigen, die nach Südspanien oder Marokko führten. Ich erinnere mich, wie er in dem kleinen Park hinter dem Haus seiner Eltern auf der Rückenlehne einer Bank saß und Einstellungsgespräche führte; meistens sah er denen, die er prüfte und die manchmal älter und kräftiger waren als er, nicht in die Augen, verließ sich wohl allein auf den Klang ihrer Stimme oder begnügte sich damit, ihren Gang einzuschätzen, vielleicht ging er auch nach ihrem Ruf, er hat mir seine Tricks nie verraten. Auf jeden Fall täuschte er sich nur selten in den Menschen.

In diesen und in anderen Fällen verbrachte ich meine Tage an Kérims Seite, wann immer er im Viertel war, hustete im Staub, den die um uns herum spielenden Kinder aufwirbelten, langweilte mich schrecklich, aber hoffte wieder und wieder, dass auch für mich irgendein Gewinn abfiele; Kérim fragte mich allerdings nie nach meiner Meinung und sprach in solchen Momenten kaum mit mir, er schwärmte höchstens vom Grün und der Symmetrie der deutschen Parks oder beklagte das Fehlen anständiger Arbeitskräfte in C. Trotzdem schätzte ich seine Gesellschaft damals so sehr, dass ich mich nicht fragte, ob es gut für mich wäre, bei der Entstehung einer Gang dabei zu sein und jederzeit eine Verhaftung zu riskieren, die meiner Mutter das Herz gebrochen hätte – ich war er und Schluss. Und ich hätte getötet, fügte ich für die Bewohner der Einsiedelei hinzu, ja, ich hätte damals jeden getötet, der das Gegenteil behauptet hätte. Aber, fragte mich die Schriftstellerin etwas skeptisch (sie selbst war es gewöhnt, sich in ihren Texten eines, wie sie sagte, überspannten Stils zu bedienen), waren Sie nicht beide in großer Gefahr, mit so einem bewaffneten und geldgierigen Rudel zu verkehren, einem Rudel mit Reißzähnen und ohne Erbarmen (sie sagte nicht *dunkelhäutig*, aber alle verstanden *dunkelhäutig*, obwohl sie mich ebenso wenig wie Ké, ebenso wenig wie einen der Anwesenden im Speisesaal in die vage und bedrohliche Gruppe der *Dunkelhäutigen* einschloss)? Auf jeden Fall, antwortete ich und starrte sie an, hat mich Kérims Verhalten nie beunruhigt, und soweit ich weiß, ahnte seine Familie nichts, abgesehen von Gazi, der seine Nase in Dinge steckte, die ihn nichts angingen, Ké aber nie verriet, auf jeden

Fall waren seine Eltern unter allen Umständen stolz auf ihn, nicht so, wie ein Vater und eine Mutter stolz sind, ergänzte ich, sondern wie zwei Fans, also letztendlich wie zwei Fremde. Und nein, ich fühlte mich an seiner Seite kein einziges Mal in Gefahr (dazu hätte sich die Frage der Gefahr stellen müssen, während ich sicher war, meinen Schutzengel gefunden zu haben), und jeden oder fast jeden Tag, vielleicht ebenso, wie es ihm gelang, seine Eltern von der Unschuld seines Erfolgs zu überzeugen, wurde mein Misstrauen von seinem Lächeln und seiner Ruhe entwaffnet, die ich ihn bis in jüngste Zeit nie hatte verlieren sehen und die mich glauben ließen, er habe seine Schmuggelei aufgegeben oder sei im Begriff, es zu tun.

Und dann war es so, dass ich, je näher wir dem Alter der Volljährigkeit kamen und mehr noch danach, während ich im Stadtzentrum von C. eher nebenbei ein Informatikstudium anfing, das mich wenigstens mit einer anderen Welt, anderen Leuten und anderen Sitten zusammenbrachte, ohne es zu wollen immer weniger mit Kérim zusammen war und demzufolge immer weniger über seine Aktivitäten wusste. Es gab zwischen uns keinen lautstarken, wütenden Bruch. Ich driftete einfach ab. Wenn wir uns zufällig trafen (wir hatten beide den Stolz, uns nicht als Erster beim anderen zu melden), sprachen wir nicht mehr über ihn persönlich oder seine Geschäfte – in gewisser Weise war ich seines Vertrauens nicht mehr würdig – und beschränkten uns auf den Austausch von Banalitäten, als hätte, wie ich mir ärgerlich sagte, die Tatsache, dass ich nicht mehr meine ganze Zeit mit Kérim verbrachte, nicht mehr meine ganze Zeit mit ihm verschwendete, sofort zu meiner Deklassierung geführt – die Vergangenheit, die früheren Meriten hatten in seinen Augen keinen Wert mehr.

In jener Zeit erfuhr ich Neuigkeiten im Wesentlichen aus der Lokalzeitung, auf deren Seiten regelmäßig grobkörnige Fotos von Kérim auftauchten, der dem stellvertretenden Bürgermeister die Hand reichte und vor dem Schaufenster einer Werkstatt posierte, die er übernommen hatte, oder einer Boutique, die er einweihte und die C. mit Marken und Accessoires versorgte, die in Frankreich bis dahin gar nicht zu finden waren, und sogar als diskreter Teilnehmer an Meetings der bisher Regierenden im Wahlkampf für die Gemeindewahlen. Mit zweiundzwanzig war er jemand in C., nicht direkt eine Persönlichkeit, eher eine sichere Stütze für Persönlichkeiten, er leistete unschätzbare Dienste und übernahm mit den diversen Firmen, die er gegründet oder übernommen hatte, Aufgaben, von denen Stadt oder Departement mangels Geld oder politischem Willen nichts mehr hören wollten, Müllentsorgung, Schulbus, soziale Einrichtungen. Soweit ich weiß, wurde weder damals noch später je nach der Herkunft seines Vermögens gefragt, vielleicht, weil er vernünftig blieb, sozusagen an seinem Platz. Man vermutete, er habe die Geheimnisse der Börse und der Märkte durchschaut, wie die jungen Spekulanten in Amerika, die, wie man sagte, in wenigen Minuten im Internet unanständige Summen verdienen konnten, oder man dachte, er habe sich eine Zeit lang in den undurchsichtigen Kreisen der Finanzwelt in London oder Singapur herumgetrieben, wo Immigrantenkinder, wie man sie nannte, im Gegensatz zu dem, was in Frankreich geschah, für ihre Verdienste geschätzt wurden. Auf jeden

Fall fragten die meisten Einwohner von C. nicht danach oder sie pfiffen darauf – die Leute hatten damals ganz andere Probleme. Kurz nachdem man ihm wieder einmal Anerkennung ausgesprochen hatte, irgendein Preis für seine Arbeit mit den Jugendlichen des Viertels, die sich bei der Lektüre des Berichts über die Ehrung des, wie es hieß, mustergültigen Bürgers halb totlachten, ging ich zur Armee.

Anderthalb Monate vergingen, und nach einigen Schrecken, wie dem ernsten Alarm hinsichtlich der Bildung eines Gerinnsels in Kérims Gehirn wegen oder trotz massiver Kortisoninjektionen, ich erfuhr nie, was genau passiert war, stand fest, dass das Transplantat über alle Erwartungen gut angenommen wurde. Ké, völlig erschöpft und immer noch isoliert, erholte sich langsam, versicherte uns sein Vater, der überzeugt war, dass das Schlimmste überstanden sei. Aber bei dieser Nachricht, die uns überrumpelte und uns unerklärlicherweise geradezu in Panik versetzte, wo wir doch wieder und wieder von Kérim gesprochen und sein Leben aus allen Blickwinkeln betrachtet hatten, wurde uns in der Einsiedelei und ungeachtet der Tatsache, dass er offensichtlich eine ungeheuerliche Krankheit überleben musste, plötzlich bewusst, dass Ké letztendlich gar nicht so außergewöhnlich war. Er sei wohl doch kein Halbgott, er sei gar nicht so märchenhaft, setzte die Schriftstellerin an, und nicht besser als wir alle, stimmte der Holzfäller zu, als wir an einem Gewitterabend versammelt waren und uns nichts zu sagen hatten. Er sei auch kein sehr vorausschauender Geschäftsmann, wagte sich in ihrem Kielwasser der frühere Weinhändler vor, und er kannte sich aus, nur ein kleiner Gauner, der im Unterschied zu Tausenden anderen Glück gehabt habe, unglaubliches Glück, wenn man sich das überlege; im Grunde war er ein Profiteur, der den anderen nur aus Schuldgefühl half (obwohl bei Kérim, das wusste ich, das durch sein Handeln ausgelöste Schuldgefühl schon immer viel geringer war als der Nutzen, den er aus diesem Handeln zog), das war für uns jetzt die Erklärung für seine Wohltätigkeit. Plötzlich packte uns die Lust, die Hand zu beißen, die uns fütterte, während bisher niemand von uns gewagt hatte, zu lästern oder anzudeuten, dass Kérim uns betrog, und die Geschichten aus seinem Leben, die wir manchmal bis zum Überdruss geteilt hatten, immer mit einer Note der Bewunderung oder Rührung geendet hatten – und genau das war das Problem. Wir hatten uns trotz der vielen Beweise für das Gegenteil vor allem an unser idealisiertes Bild von Ké geklammert, weil es, ebenso verfälscht und schmeichelhaft, das Bild war, das wir von uns selbst und unserer eigenen Jugend hatten. Und vielleicht hatten wir sowieso nicht das Recht, so über ein Leben zu urteilen, das alles in allem gerade neu begonnen und eine Wunderheilung erfahren hatte, wie gereinigt war durch dieses Wunder, und aus unserem Freund ein Porträt zu machen, das, wie der Maler vortrug, denen glich, auf denen das hübscheste Gesicht durch ein Graugrün oder Violett entstellt wird, was als Extravaganz gilt, in Wirklichkeit aber die verborgenste Wahrheit des Modells offenbart.

Schwer zu sagen, ob Kérims plötzliche Verdammung eher eine Reinigungsmaßnahme war oder ob wir, wenn wir so billig unsere moralische Überlegenheit hervorkehrten, letztendlich nicht besser waren als er. Doch als sich unser seltsamer Groll gegen ihn etwas gelegt hatte, ein Groll, den übrigens nicht alle in der Einsiedelei teilten, weil sie entweder, wie Kérims Eltern oder die beiden Dichter, nichts gegen Kés Verhalten einzuwenden hatten, oder weil es für diejenigen, die ein schwieriges Leben hatten, wie Cat und Ingrid, das Schlimmste war, eine Person total und endgültig zu verdammen, indem man nur noch die Schwächen des Körpers und die dunklen Seiten des Geistes betrachtete, da sahen wir uns um und hoben den Kopf, um einmal mehr das Dach wahrzunehmen, das Kérim für uns hatte bauen lassen. In stummer Übereinkunft beschlossen wir, es dabei zu belassen, nicht mehr von Kérim zu sprechen, im Guten wie im Schlechten, und mehr an uns als Gemeinschaft zu denken, an das, was aus uns werden sollte; und niemand dachte daran, die Einsiedelei zu verlassen, vielleicht, so stelle ich es mir jetzt gern vor, weil wir dort unter uns, wie nebenbei und ohne darüber nachzudenken, in Abwesenheit des Hauseigentümers Bindungen geschaffen hatten, die uns unverzichtbar geworden waren.

4

Und eines Tages durfte Kérim sein steriles Zimmer verlassen. Ich weiß nicht, ob er etwas Wehmut bei der Vorstellung empfand, nie dorthin, zu diesen Möbeln, an diesen Ort zurückzukehren, den er sich zum Zuhause hatte machen müssen, oder ob seine Sichtweise, sein Charakter, der ihn allein der Gegenwart Aufmerksamkeit schenken ließ, und der Widerwille, den ihm das Zimmer einflößte, ihn vielmehr nach vorn gewandt, die Kiefer vor Anstrengung zusammengepresst, ohne einen Blick zurück verschwinden ließ. Aber ich stellte mir vor, welche Erleichterung er empfinden musste, als man ihn zunächst in ein Sanatorium mit großen Fenstern und wenig Grenzen brachte, wo er wieder zu Kräften kommen sollte, ehe er ganz nach Hause zurückkehrte, und welche Freude es sein musste, während das Leben allmählich wieder in ihn zurückkehrte und die Leere füllte, die die Krankheit hinterlassen hatte, wieder spazieren zu gehen, manchmal allein, mit einem Stock, dann wieder in Begleitung von Oscar oder einem seiner Männer, immer weiter, zu weit vielleicht am Anfang, wie sehr ihn die frische Luft überraschen, stechen und anwehen, ihm Tränen in die Augen treiben musste, ihn für einen Moment die Wüste und die ganz persönliche Hölle vergessen ließ, die er durchschritten hatte, wie sie ihn sich aufrichten ließ und ihm für ein paar Schritte den Gang eines normalen Menschen, eines neuen Menschen verlieh, ehe eine Schwäche in einem Bein, Atemlosigkeit und ein Stich im Herzen, eine beginnende Migräne oder plötzliches Sodbrennen ihn zusammensinken ließen und ihn daran erinnerten, was aus ihm geworden war, aus welcher Hölle er kam.

Mitten auf dem Land, in einem wilden Park nahe dem Sanatorium sah ich ihn wieder. Ich war, kurz gesagt, eher hinbestellt als eingeladen worden, aber es war mir egal, woher die plötzliche Schroffheit kam und womit ich diese Schroffheit verdiente – vielleicht, weil ich nichts unternommen hatte, um ihn trotz des ausdrücklichen Verbots der Ärzte zu sehen. In letzter Zeit hatte mich die Erinnerung an die in jüngster oder früherer Vergangenheit mit Kérim verbrachten Stunden gänzlich ausgefüllt, und ich hatte das Gefühl, in der Erwartung zu schweben, herumzuirren, erneut von einer jener Erinnerungen heimgesucht zu werden, die die gegenwärtigen Ereignisse in ihr eigenes Licht tauchten, ein religiöses Licht, ein unechtes Licht, aber dennoch ein lebendiges Licht. Auf jeden Fall war es ein verheißungsvoller Tag, die sanfte, schützende Sonne glich einem Vollmond, und ich freute mich ohne Hintergedanken, meinen erholten, vielleicht geheilten Freund zum ersten Mal seit Wochen wiederzusehen.

Ich muss zugeben, dass ich, wäre er allein gewesen, nicht umgeben von Oscar und seinen Leuten, Mühe gehabt hätte, Kérim von den anderen Genesenden zu unterscheiden; obwohl sie weniger einheitlich als im Krankenhaus, auch etwas rüstiger aussahen, hatte keiner von ihnen sich getraut, wieder seine sorgfältig ausgewählten, nach dem Körperbau vor der Krankheit zugeschnittenen Markenklamotten anzuziehen und diese vergangenen Stoffe, Abbild einer ebenso vergangenen Persönlichkeit, an einem beträchtlich abgemagerten und höchst empfindlichen Körper zu reiben, der mit großer Mühe ein bisschen Farbe, etwas Rot und Orange zurückerlangt hatte. Die meisten, die das Recht, also die körperliche Verfassung hatten, nach Belieben auszugehen, kauften sich ihre Sachen in einem kleinen, wenige Kilometer entfernten Supermarkt, dessen ohnehin rudimentäre Bestände auch von Verwandten und Freunden, die zu Besuch kamen, geplündert wurden, ohne dass sich jemand um Mode oder Eitelkeit kümmerte, vielmehr nach exakten Anweisungen zu Größe, Stoff, Zusammensetzung und Farbpalette (Schwarz, Grau, bestenfalls Weiß, kein Grün oder Rot), Schnürsenkel oder nicht an den Schuhen und nach den Regeln des Wettbewerbs zwischen den Sanatoriumsgästen, als wollte man herausfinden, wer seine Rehabilitationsaufgabe am schnellsten erfüllte. Da ich nichts von diesen Regeln, die sich als ganz anders als die der Hämatologie erwiesen, und auch nichts von seinen tatsächlichen Bedürfnissen wusste, brachte ich Kérim einen Gedichtband von Whitman, um dessen Übergabe, mit besten Grüßen voller Ermutigung und Hoffnung, mich der Dichter Pacheco vor seiner Abreise drei Tage zuvor gebeten hatte, genauer gesagt um die Auswahl des Gedichts für ihn, das mit den Versen *This is thy hour O Soul, thy free flight into the wordless, / Away from books, away from art* begann, Verse, die nach Ansicht des Genossen Pardo, nach dem, wie man ihm Kés gegenwärtige Situation geschildert hatte, absolut geeignet waren, die Ké aber wahrscheinlich nicht las oder mit müden Augen und abschweifenden Gedanken nicht genau zu übersetzen versuchte und die er nie mehr erwähnte. Von Cat und mir schenkte ich ihm eine schwarz-weiß karierte Kufiya mit Kakistreifen.

Für diesen Kauf hatten Cat und ich uns mitten am Tag nach C. gewagt, wie zwei Verliebte, sagte sie unterwegs, und ich konnte absolut nicht einschätzen, ob sie scherzte oder nicht. Unsere Gesichter waren von dicken Schals, Mützen und Kapuzen vermummt, die bei dem frühlingshaften Wetter verdächtig waren, wie ich fand, erst recht in dem überheizten Laden, den wir zuerst betraten und in dem ich mich, im Gegensatz zu Cat, die sich sofort wohlfühlte, weigerte, mich auszuziehen, weil ich fürchtete, nach zehn Jahren von der alten Eigentümerin erkannt und dann ausgefragt zu werden. Und während ich mich im Hintergrund hielt und den Blick auf das Schaufenster und das schmutzgraue Draußen richtete, konnte Cat für Kérim ohne meine Hilfe, sogar ohne mich um Rat zu fragen, ein Geschenk auswählen, das sie allein bezahlen wollte, sie bestand auf dieser Geste, in die sie offenbar viel von sich selbst legte. Bis dahin hatte ich mich nicht gefragt, ob Cat Geld habe … Sie holte aus einer unter ihrem Gürtel versteckten Tasche einen sorgsam gefalteten Schein und reichte ihn der Alten, die zusammengesunken hinter ihrer Kasse saß, in der für C. typischen Erschöpfung, die sie wohl daran hinderte, die üblichen Höflichkeitsfloskeln auszusprechen oder uns Auf Wiedersehen zu sagen – der gleichen Erschöpfung, die mich überfallen hatte und mich, kaum waren wir draußen, das Geschenk ohne einen Dank aus Cats Händen nehmen ließ.

Kérim hielt die Kufiya in seinen knochigen Händen und strich langsam mit dem Daumen über die groben Stiche und den schon etwas ausgefransten Stoff, ohne mich aus den Augen zu lassen, als fragte er sich, was er wohl mit mir anfangen solle. Oscar und seine beiden Handlanger standen neben ihm und flüsterten miteinander, während sie mich nickend und grinsend musterten. Nach ein paar endlosen Minuten ließ Kérim, die soziale Heuchelei der Gesunden ignorierend, das Tuch fallen und verlangte meinen Arm, um aufzustehen, dann stützte er sich fest auf mich und zeigte mit der Stockspitze auf einen Weg, der mir schlecht begehbar schien, den einzuschlagen er mich jedoch nötigte.

Trotz Kés extremer Langsamkeit machten wir nur selten halt. Kérim hatte beschlossen, diesen x-ten Kampf, der für ihn darin bestand, um jeden Preis weiterzugehen, und für mich, meine Müdigkeit nicht zu zeigen und ihn zu stützen, sodass er nicht fiel (er kam mir sehr schwer vor, obwohl er aussah, als bestehe er nur aus Knochen, eher aus einem einzigen Knochen), mit mir zu führen. Ganz mit unserer eigenen Mühe beschäftigt, hechelnd und uns plagend, vermieden wir eine Weile jedes Wort. Wir hatten einander, der eine wie der andere, ohne genau zu wissen, worum es sich handelte, wichtige Dinge zu sagen, die einer gewissen stummen Vorbereitung zu bedürfen schienen. Während ich auf unsere Klärung wartete, fragte ich mich erneut, was Oscar, der uns in einigen Metern Abstand folgte, und all diese jungen, starken und finsteren Männer so sehr an Kérim, den kurzatmigen und schlotternden Beinahe-Greis, binden mochte, was sie ohne Protest die Befehle befolgen ließ, die, getragen von einem stinkenden Atem, die Schranke der fauligen Zähne überwanden, und aus welchem rätselhaften Grund sie abgesehen von Geld und Pfründen, die nicht alles erklären konnten, diesem Schatten die Treue geschworen hatten. Aber ich hütete mich, diese Frage zu beantworten, weil ich noch nicht zuzugeben wagte, dass sich die Beziehung zwischen Oscar und Kérim mit unserer vergleichen ließ, ich hatte mich nie bezahlen lassen oder Ké bezahlt, dachte ich hochmütig, was man im Nachhinein ziemlich naiv und dumm finden kann, denn in jeder Freundschaft muss man etwas von sich selbst geben, das man gern behalten hätte, etwas Kostbares, das man später nie mehr zurückbekommt.

Und dann, als wir die erste Kurve auf dem Weg nahmen, schoss mir ein anderer Gedanke durch den Kopf, der diese Überlegungen verdrängte: Bei Kérim fühlte ich mich wohl, egal, in welchem Zustand, in welcher Stimmung er war, nicht glücklich, nein, aber so, als würde ich, das war die Formulierung, die mir einfiel, innerlich dazu gebracht, alles mit neuen Augen, aufmerksam und wohlwollend anzusehen. Aber ich wusste nicht, ob Kérim im Umgang mit mir dieselbe Befriedigung fand, oder ob er sich, wie ein Meister, ein geistlicher Führer oder einer dieser Märtyrerheiligen, auf die er so versessen war, damit abfand, sich zu langweilen und herabzulassen, das Offensichtliche zu erklären und vielleicht seine Zeit mit weniger brillanten Menschen zu vergeuden, die ihm, wie ich oder Oscar, nie etwas geben konnten. Das war ihm wohl absolut bewusst … Wir waren so unterschiedlich … Wir hätten uns niemals treffen und erst recht nicht achten sollen … Aber selbst diese Sorge verlor jede Bedeutung, sobald ich bei ihm war, und an jenem Nachmittag, auf unserem schlechten Weg, war es nicht anders. Nach einer halben Stunde mühsamer Wanderung, in der er drei Mal fast gestürzt wäre, blieb Kérim stehen und rührte sich nicht mehr, stützte sich auf seinen Stock und tat, als habe er links von uns etwas Bemerkenswertes gesehen. Ich wartete, dass er zu reden begann.

Ich bin jetzt blind, sagte er nach einer Weile mit entstellter Stimme, als hätte sie zu lange im Schlamm seines kranken Geistes gesteckt, einer Stimme, dachte ich, die erstaunlich der seines Bruders ähnelte. Aufmerksam betrachte ich diese Felder, fuhr er fort, und denke: Ich möchte genau diese Felder betrachten, so lange, wie es nötig ist, um sie zu sehen, aber ich sehe sie nicht (tatsächlich trug Kérim die dicke Sonnenbrille eines Blinden). Nicht die Farben sind verschwunden, ich erkenne sie und kann sie benennen, sehr viele, auch die Formen nehme ich ziemlich deutlich wahr. Es ist nichts Körperliches: Ich betrachte diese Felder wieder und wieder, aber sie wecken keine Regung in mir. Nichts kommt. Es gelingt mir nicht, einen Gedanken darüber zu fassen. Was ist das jetzt wieder für eine Krankheit? Ich betrachte sie und ich sehe sie nicht. Als wäre ich woanders. Kannst du mir folgen? Keiner versteht es. Die Gesunden betrachten ein Feld, und sie denken an die kommenden Ernten, an die Schlangen, die sich darin verstecken, sie sehen sie und erinnern sich an einen Film, eine Postkarte oder eine Frau. Aber alles, was mir beim Betrachten dieser Felder in den Sinn kommt, wenn ich mich konzentriere, sind ein paar Worte, nicht mehr, ein, zwei trockene Wörter und Schluss, da, selbst wenn ich mit dir spreche, denke ich unwillkürlich an das Wort *Schlacht*.

Ich denke nur noch daran, ich spreche mit dir und dabei ist nichts anderes als dieses Wort in meinem Kopf. Bescheuert. Die Krankheit hat mich so blind gemacht, vorher war ich nicht so. Jetzt sind nur noch Wörter in meinem Kopf, und selbst davon nur eine bestimmte Sorte, und auch davon nicht viele. *Schlacht*, *Krieg*, *Angriff*. Dabei beobachte ich, bin aufmerksamer denn je (du weißt, wozu ich imstande bin), ich starre auf die Felder, die Bäume und möchte gern etwas darüber sagen können, irgendwas, möchte, dass sie zu mir sprechen und ich darüber reden kann und dass es rauskommt, über die Anpflanzungen, die Säure des Bodens oder sogar über Niederschlagsmessung, egal. An die echten Felder will ich denken, die von gesunden Menschen, genau die, an die Felder, die vor mir liegen, und nicht an Wörter, die irgendwie damit zusammenhängen. An den Weg, den wir entlanggehen, und nicht an den *Kriegspfad*. An die kleinen Fortschritte und nicht an den *Krieg, den ich meiner Krankheit erklärt habe*. An die duftenden Blumen, die Vogelstimmen, die ich jetzt noch mehr genießen sollte, da ich gerade so davongekommen bin, nicht an *Kriegsgesänge* oder *Pollenangriffe* gegen meine Bronchien. Diese Ausdrücke umzingeln mich, sie belagern mich und ich bin ihr Gefangener, wenn du mir folgen kannst. Außerdem sagen sie mir nur wenig, nur mit Mühe, wenn überhaupt etwas. Trotzdem musste ich mich diesen Wörtern sozusagen zuwenden, ich war verpflichtet, mich damit zu beschäftigen, denn zwei oder drei Wochen nachdem ich ins Krankenhaus gekommen war, schwirrten sie mir durch den Kopf, und mein armer Kopf war bald einzig und allein davon besessen (vielleicht, mag sein, war auch das hohe

Fieber daran schuld). Aber um da irgendetwas rauszuholen, um diese Wörter zu meinen Gunsten zu nutzen, die ich vorher gar nicht kannte, die mich nicht betrafen, über die ich lachte, musste ich kämpfen und nicht nur ein Mal. Um zu verstehen, warum ich hundert Mal, zweihundert Mal am Tag das Wort *Schlacht* dachte, sogar im Halbkoma, wie ein weiß funkelndes Gekritzel (ich kann es nicht anders ausdrücken, sagte Kérim), musste ich kämpfen. Ich musste mich informieren und ließ mir Bücher bringen, ganze Kartons voll, wie du weißt, sind Tablets und Laptops im sterilen Zimmer nicht erlaubt, und ich musste schnell lesen, damit die Schwestern es nicht mitbekamen; um diese Wörter aus dem Kopf zu kriegen, musste ich sie bannen, während ich den ganzen Tag auf dem Rücken oder der Seite lag; um ihnen einen Sinn zu geben, der mir passte und mir erlaubte, sie zu vergessen, musste ich bereit sein, mich mit ihnen zu paaren, verstehst du, um sie durch andere zu ersetzen, die mir besser passen würden, und endlich aus meinem eigenen Kopf zu entkommen. Das war ein Impuls, dem ich folgen musste, ohne zu hadern. Also habe ich gelesen, so viel ich konnte. Ich musste mehrere komplette Geschichten Frankreichs überfliegen, was, wenn man sich einmal an das wenig leserfreundliche Layout gewöhnt hatte, ganz angenehm, aber überhaupt nicht lehrreich war, es hat mir nichts gebracht. Aber ich fühlte mich verpflichtet, die Lektüre fortzusetzen und auszuweiten, wie in der Schule, schlimmer als in der Schule, dabei hatte ich ständig Kopfschmerzen, Magenkrämpfe und Schwindelanfälle, aber ich musste mich für *Cäsars Schlachten* interessieren, für alle, für *Poliorketik*, für *Azincourt* und *Vauban* und *Marengo*! Mit

Marengo hatte ich nie was zu schaffen, aber jetzt bin ich da unschlagbar, denn die verschiedenen Phasen dieser Schlacht, die zweihundert Jahre her ist, überleg dir das mal, haben einen großen Teil meines Kopfes erobert, weil die Wörter, die ich gelesen habe und die sie beschreiben, ihn zum großen Teil ausfüllen. Das Ergebnis ist, dass ich dir stundenlang und unter allen denkbaren Aspekten davon erzählen könnte (aber das würde mir auch nicht helfen und du hast das sicher schon in deiner Ausbildung von A bis Z durchgearbeitet), ich könnte dir von den unklaren Berichten erzählen, die folgten, und wie der letztlich gar nicht so deutliche Sieg von der napoleonischen Propaganda ausgeschlachtet wurde, von Quellen, die ich gesammelt und verglichen habe, um mir eine halbwegs genaue Vorstellung zu machen, eine Vorstellung von den Wörtern, ich kann dir ziemlich genau *die Ebene* beschreiben, *den Fluss Bormida, der sich hinter dem Rücken der Österreicher schlängelte*, und den *Fluss Fontanone, der die beiden Armeen als nicht zu übertretende Grenze trennte, im Osten stand großartig Bonaparte, wartete wie immer auf Verstärkung*. Ich kann dir, ohne Sorge, mich zu irren, versichern, dass *die Schlacht am Morgen des 14. Juni gegen neun Uhr begann und bis Einbruch der Nacht dauerte*. Ich kann dir ohne jeden Zweifel und mit präzisen Worten erklären, sagte er (ich habe, um das Maß vollzumachen, die Schlacht zwanzig Mal bis ins kleinste Detail auf einem Spielbrett nachgespielt), wie zunächst *die Österreicher die Franzosen im Zentrum schlagen*, wie dann *Desaix eintrifft, den Feind zum Stehen bringt und stirbt*, während *Kellermann und seine Dragoner die Österreicher umgehen und von hinten überrennen*. Aber obwohl ich das alles weiß und mir den Geruch des Gemetzels vorstellen kann, auch *die Wasserläufe, die die französischen und österreichischen Toten vermischten und forttrugen*, obwohl ich weiß, was damals ein *Grognard* oder eine *Grisette*, eine *Schänke* oder eine *Marketenderin* war, obwohl ich die von allen Historikern bestätigten Zahlen über die Soldaten der *Grande Armée*, die während des Russlandfeldzugs an Typhus starben, auswendig kenne, hat es mir nichts gebracht. Nicht das. Und die Wörter sind in meinem Kopf geblieben, dieselben, noch verstärkt, wenn das möglich war, im Block- oder Flattersatz: KRIEG, SCHLACHT, KRANKHEIT, RUINEN, ZERSTÖRUNG. Ich habe wieder und wieder versucht, sie loszuwerden. Das hieß an zwei Fronten kämpfen, das hieß immer mehr lesen. Ich hatte keine Wahl. Ich brauchte immer mehr davon. Ich las verschiedene Universalgeschichten des Kriegs und einige anthropologische Studien über die Gewalt in der Menschheitsgeschichte, mit ausgewählten Beispielen aus den verschiedensten Epochen und in allen Ländern, ich hoffte, die Erlösung in der Beschreibung der exotischsten Kriege zu finden, von den Heldentaten Alexanders bis zu den Indianerkriegen oder aktuelleren Konflikten. Aber was hatte ich, fragte mich Kérim, mit diesen *tatsächlichen* Schlachten zu tun, an denen ich nicht teilgenommen hatte, mit diesen *tatsächlichen* Kriegen, die ich nicht geführt hatte? Es war schon seltsam, diese plötzliche Liebe zu den Soldaten, manchmal dachte ich an dich, noch vor deiner Rückkehr, allein in meinem Zimmer, als hättest du etwas mit dieser plötzlichen Liebe zu tun, der einzige Soldat, den ich kannte. Aber Liebe lässt sich nicht erklären, sagte er, und diese Liebe ließ sich nicht erklären. Also sagte ich mir, vielleicht steht eine Philosophie dahinter, vielleicht gibt es Prinzipien, die sich aus meiner ganzen Lektüre ableiten lassen, die mir helfen, ich wusste nicht genau wie, aber gut. Und ich las Clausewitz. Ich las Machiavelli, allein in meinem Zimmer (und ich dachte immer noch an dich, aber anders, weil du zurückgekommen warst, um mich zu sehen, und du mich auch schon besucht hattest), im schwachen Licht einer verstellbaren, natürlich jeden Tag geputzten Lampe, die über meinem Bett hing. Ich las *Anabasis* von Xenophon, in zwei verschiedenen Übersetzungen, ich las das *Buch der fünf Ringe* von Musashi, ganz unterhaltsam, aber weniger als der Roman *Musashi*, dann überflog ich *Die Kunst des Krieges* von Sunzi, nach dem ich tagelang fassungslos war, bestürzt über die Dummheit und Nutzlosigkeit seiner Thesen (aber vielleicht war die Übersetzung nicht gut). Und dann noch mehr Literatur und Ideen: *Zentrum* und *Peripherie*, die *entscheidende Offensive*, *Hinterhalt* und *Köder*, *falscher Freund* und *erbarmungsloser Feind*, *Spion* und *Ehrenmann*, *Ausweichmanöver* und *Gegenangriff*, *juste Milieu*, *Fantasie* und *Strenge*, Literatur. Es berührte mich überhaupt nicht. Ich las diverse Aufsätze über Militärstrategie, irgendwas zwischen fünf und fünfzehn, und ich kann dir bestimmt besser als du selbst die Ziele des Feldzugs erklären, an dem du noch vor Kurzem beteiligt warst. Ich habe Hunderte Karten und Pläne gekauft, und eine Zeit lang hatte ich das Gefühl, die Welt liege neben mir, mir zu Diensten, still und unauffällig. Aber die Wörter sind in meinem Kopf geblieben, so hartnäckig, so hartnäckig, unbeschädigt, rostbeständig, verletzend, kaum ins Wanken gebracht oder zurechtgestutzt von den Kenntnissen, die ich sammelte, als würden mein krankes Gedächtnis und mein kranker Geist keine Grenzen mehr kennen. Und du weißt, wie ich bin, ich habe mir gesagt, dass die Sicht des Generalstabs nicht ausreicht. Also wollte ich mich den Schrecken des Krieges nähern, wenn dir schlecht ist, kotzt du ordentlich, meistens geht es dann besser, also las ich hintereinander Dorgelès, Jünger, Hemingway, eine Auswahl von Grass, Balzac, Genevoix, und dann Bausch, Barbusse, Fournier, Malraux, Simon, Rilke, manchmal ohne etwas zu begreifen, ein Buch zog das nächste nach sich, ich war wie hypnotisiert von den Seiten, die meine Hand umblätterte, ohne es zu merken, bis ich sozusagen nichts mehr zu kotzen hatte. Aber ich habe nichts gefunden, nichts empfunden, das ist das Schlimmste, Massensterben, Selbstüberwindung, Heldentum, alles Wörter, gut, die besten, die es gibt, aber nicht meine. Und dann habe ich gewissermaßen meine Taktik geändert, ich hatte Lust, selbst mitzumachen, wenn du verstehst, was ich meine (ich habe mir gesagt, das ist es, du legst dich nicht genug ins Zeug), und ich wandte mich den Strategiespielen, den Brettspielen zu. Das war nicht gerade einfach. Ich hatte keine Ahnung davon. Das ist eine geschlossene Gemeinschaft. Auf der Suche nach Fachzeitschriften (da hat mir das Internet mächtig gefehlt, das kannst du dir vorstellen) habe ich Oscar durch die ganze Stadt gehetzt, sogar in drei andere Städte, um eine Sondernummer von *Conquêtes* zu finden. Ein ganz neues Vokabular, viele unklare Ausdrücke, unerschöpflich. Nachdem ich meine Lehrzeit beendet hatte, musste ich Gegner finden. Niemand war bereit, gegen mich anzutreten (oder einfach seine Zeit mit mir zu verschwenden), also habe ich Oscar genervt, der Spiele fast ebenso hasst wie du (ich glaube, ich bin von dem Moment an sehr in seiner Achtung gesunken, sagte Kérim mit einer Grimasse), und dann war ein Krankenpfleger bereit, mit mir zu spielen, er war sehr gut, aber natürlich oft überfordert. Dich habe ich nicht gefragt, aus Rücksicht darauf, woher du kamst, ich wollte nicht, dass du dich zwingst, um mir eine Freude zu machen, außerdem, zugegeben, hatte ich Angst, du würdest mich auslachen. Ich habe die verschiedensten *wargames* gespielt, mehr schlecht als recht, denn wenn man krank ist, ist es nicht so leicht, wieder zum Kind zu werden, ein krankes, eingesperrtes Kind, aber ziemlich brillant, würde ich sagen. Ich habe unzählige Male die Schlachten von Marathon und Stalingrad, von Guadalcanal, Sedan und Manassass (meine Lieblingsschlacht) oder den Indochinakrieg nachgespielt, die *wenn … dann* vervielfacht, die Übelkeit mit Spekulationen, Nebenlinien und Entscheidungsbäumen verstärkt und in die Länge gezogen, *angenommen dies*, *angenommen das*, *wenn so, dann so*. Ich habe gespielt, um zu spielen, fast jeden Abend, meistens allein oder gegen einen Gegner, dessen Gesicht, wenn ich den Kopf hob, verschwommen und noch einsamer war, manchmal von intensiven Visionen mit Kinoblut, Schwertern und funkelnden Uniformen gequält, ich habe endlose Partien gespielt, bei denen meine Wort-Obsessionen wenigstens durchschaubar wurden, genau das passierte tatsächlich in meinem Kopf mit ihnen, die Wörter wurden durchschaubar und erträglich, und ich sah mich sechsunddreißig in Barcelona, einundvierzig an der Metrostation Barbès, während des Boxeraufstands in China oder unter

Kaiser Maximilian nach Mexiko entsandt und während der Commune nach Frankreich zurückgekehrt, und immer gemeiner *Soldat*, *Landser*, *Infanterist*, gut für den *Karabiner*, ausgestattet mit einem grandiosen Geschichtsbewusstsein, das mir half, die Ereignisse zu verstehen, und mir die Möglichkeit gab, ihren Lauf zu ändern, und ich rächte die Äthiopier achtunddreißig mit einer triumphalen Rückeroberung, überall ließ ich die Revolten der Achtundsechziger siegen, ohne dass mich, zurück auf der Erde und erneut von meinen Organen und nicht mehr vom Dampf der Illusionen gefüllt, die eine oder andere Situation je irgendetwas Brauchbares gelehrt hätte. Mehr aus Verzweiflung als aus Lust nahm ich Kontakt zu einer Art Sekte in Ungarn auf, dann zu einem amerikanischen Millionär, um ihm eine der drei Originalausgaben von Debords *Kriegsspiel* abzukaufen, die er zu besitzen vorgab, aber das Geschäft kam nicht zustande, er verlangte sowieso zu viel und so reich bin ich nun auch wieder nicht. Jetzt bin ich müde, ewig auf halbem Weg zu meiner Bestimmung, könnte man sagen, ohne Haus und ohne Schutz und besessen von den Wörtern, seit ich aus der Klinik raus bin, kann ich nicht mehr lesen, ich habe kein bisschen Mut mehr, offenbarte mir Kérim. Seit ich raus bin, ungeschützt, erneut dem Großen Spiel ausgesetzt, macht mir nichts mehr Spaß, habe ich zu nichts mehr Lust. Ich lese nicht mehr, es erinnert mich an zu vieles, schon wenn ich ein Buch aufschlage, wird mir schlecht. In meinem Zimmer strecke ich die Hand nach dem Laptop aus, dann ziehe ich sie zurück, gedulde mich bis zum nächsten Tag. Ich warte. Auf den *Schlüssel*, die *Tür*, eine *Offenbarung*. Ich warte, dass ich wieder ganz hergestellt bin, und ich mache, was ich kann, Kreuzworträtsel, ich blättere in Zeitschriften. Aber eigentlich interessiert mich fast gar nichts mehr, außer den Geschichten, die mir die Leute erzählen. Alle Geschichten, die man mir erzählt … die vorbeikommen … Alle Geschichten …

Kérim hatte sich mir zugewandt, Oscar und seine Männer waren herangekommen, und alle erwarteten von mir eine Antwort, wenn ich so sagen kann, meine Sicht der Dinge. Was ich von dem dachte, was Ké ausgepackt hatte, sofort. Und dann, Vertrauen gegen Vertrauen, den Bericht über die Unwägbarkeiten meines eigenen Lebens, fern von C., als Soldat, was ich ihnen aus dem Osten wirklich als Geschenk mitgebracht hatte, wie ein Heiliger König, keine Kufiya, sondern die wahre Gabe, Kérims würdig. Aber ich hatte keine erbaulichen Geschichten, die ich ihnen erzählen konnte, eher meine ruhige Anwesenheit und die Zeit, neben der Geduld, über die ich, wenn es um Kérim ging, unbegrenzt verfügte; ich wusste nicht, wie ich ihm meinen Krieg verständlich und fühlbar machen sollte, als sei er eine Absurdität und eine Schande, die ich niemandem zumuten wollte. Was hätte ich darüber sagen können? Wer etwas zu sagen hat, redet nicht: In diesem Glauben war ich erzogen worden. Und ich vergaß die Jahreszahlen, vergaß die Reihenfolge der Ereignisse. Ich entsann mich vor allem der Länge der Tage und meiner Langeweile, unserer gemeinsamen und bewaffneten Langeweile, die schließlich wie ein Unwetter über unserem Basislager hing, das uns überallhin folgte und unsere gemeinsame Stimmung trübte. Ich entsann mich vor allem, ohne Einzelheiten, der Stunden, die wir damit verbrachten, die Tastaturen zu reinigen, Staub und Sandkörner zu entfernen, meinen Bildschirm zu fixieren und an der Antenne rumzubasteln, um die ständige Erreichbarkeit der Einheit zu sichern. Und ich entsann mich besonders eines Hinterhalts, in den wir bei einer Erkundungstour im Panzerwagen geraten waren (meine Albträume deswegen hatten vor Kurzem wieder angefangen), wir hatten uns aus dem Fahrzeug hinauswagen müssen, aber wenn ich Kérim nicht den starken Geruch des von Kugeleinschlägen erhitzten Stahls und des verbrannten Gummis spürbar machen konnte, wenn ich nicht ein oder zwei Tropfen des brutalen und bitteren Zaubertranks Adrenalin auf seine Zunge geben konnte, wenn ich nicht chirurgisch die Angst vor dem Unwiederbringlichen (in derartigen Situationen funktionieren die Innereien, kurz gesagt, unabhängig und marschieren wie ein Mann) in seinen Bauch einpflanzen konnte und den rohen Anblick der verbrannten oder blutigen Leiber und des gewaltsamen Tods … Mir fehlten die Wörter … Sich offenbaren, schwatzen, Dinge über sich selbst enthüllen … nein nein … Sich ausliefern, weil man zu viel verraten hat, anstatt den Freund selbst unser Geheimnis entdecken zu lassen … nein nein …

Und dann, während ich wieder sein ausgemergeltes Gesicht, seine faltige Stirn, seine bald erloschenen, bald geradezu bedrohlich funkelnden Augen, sein in Büscheln nachwachsendes Haar und seine dünnen, bläulichen Lippen ansah, die er zusammenzupressen begann, weil ich entschlossen schien, nicht den Mund aufzumachen, weil ich nicht hören ließ, was er hören wollte, sagte ich mir – was hätte ich ihm noch beibringen können, das er nicht schon wusste?

Enttäuscht entließ mich Kérim mit einer Handbewegung, dann machte er auf dem Absatz kehrt, und schon kamen Oscars Männer wütend auf mich zu, um mir eine Lektion zu erteilen. Aber Kérim rief sie zu sich, um ihm auf dem Rückweg zu helfen, und sie ließen mich allein auf dem Weg stehen, ich war wieder imstande, die Aprilbrise wahrzunehmen, und spürte wieder die Aprilsonne im Nacken, das eine so niederschmetternd wie das andere.

5

Ich sehe mich wieder zur Bushaltestelle gehen, meine mechanischen, eiligen Schritte, die ich nicht zügeln konnte, obwohl mich Kérim, wie ich mir voller Furcht, aber auch mit etwas Freude überlegte, sicher vom Fenster seines Zimmers aus beobachtete. Aber ich erinnere mich nicht, was ich in diesem Moment empfand. Wut? Fühlte ich mich schuldig? Dachte ich wieder einmal daran, abzureisen? Man muss in den eigenen Tiefen nach den Spuren im Körper suchen, die die Gedächtnislücken hinterlassen. Und ich erinnere mich heute noch gut genug an den Kloß in meinem Hals und an meinen getrübten Blick, um mir meine damalige Verfassung vorzustellen. Ich glaube, ich dachte während der Rückfahrt an alles, was ich nicht vollbracht hatte, an die bedrohlichen Umrisse des Kontinents, der aus allem bestand, was ich nicht unternommen hatte, um zurande zu kommen, und der nichts, weder von Nahem noch von Weitem, mit Kérim oder der Armee zu tun hatte – nichts mit der Person, die ich früher hätte sein können, und dem ganzen Scheiß. Dann, beim Aufstieg zur Einsiedelei, begann ich zu rennen und dachte wahrscheinlich nur noch daran, über all das mit Cat zu sprechen.

Sie saß auf den unregelmäßigen und immer rutschigen Stufen der Treppe, die hinunter zur Einsiedelei führte, da, wo für uns beide alles angefangen hatte – für mich war es der Ort, wo alles angefangen hatte. Ich konnte die Augen nicht von ihr lösen. Sie hatte den Frühling vorweggenommen, der auf unserem Berg noch nicht ernst zu nehmen war, und ihren Körper entblößt, den ich ganz und gar zu kennen glaubte, zu Unrecht. Jetzt trug sie, egal, welche Temperatur herrschte, nur weite weiße Hemden, von denen ich ihr gesagt hatte, dass sie mir gefielen, und einfache Strumpfhosen, in denen sie sicher unter der Feuchtigkeit litt, darüber ohne jede Notwendigkeit elegante Jacken, neben denen ich mich für mein Ex-Soldaten-Outfit schämte. Ihr Körper war seit einiger Zeit, und ohne dass ich den Grund dafür kannte, wie von einer oder mehreren Fesseln befreit und bewegte sich anmutig, hüpfte bei jeder Gelegenheit. Als sie mich sah, kam sie mir mit gesenktem Kopf auf der Treppe entgegen, dann umarmte sie mich wie einen ihrer Brüder (sie hatte zwei, älter als sie, hatte sie behauptet) nach der Rückkehr von einer langen Reise.

Nachdem wir Monate miteinander verbracht hatten, mal sehr nah und im Begriff, wie ich jedes Mal dachte, uns ineinander zu verlieben, mal tagelang getrennt, jeder für sich ständig von Bewohnern der Einsiedelei beansprucht und besorgt, eine egoistische Leidenschaft würde in der Gemeinschaft nicht gern gesehen, vertraute ich Cat immer noch nicht ganz. Und während ich mich zwang, nicht in ihren Armen zu schmelzen, schoss mir durch den Kopf, dass sie mir diesen überschäumenden Empfang bereitete, um Neues von Kérim zu erfahren. Obwohl sie ihn nie gesehen hatte und obwohl sie in meiner Vorstellung die unterschiedlichsten Personen waren, die ich je gekannt hatte, empfand Cat eine große Zuneigung für ihn (sie hatte mir während unserer vielen schlaflosen Nächte aufmerksam zugehört und war, so behauptete sie, beeindruckt und fasziniert von allem, was ich ihr über sein Leben erzählt hatte, auch von unserer Beziehung, die die Jahre überwunden hatte, wie Cat mit Bedauern hinzufügte), sie verglich die Wendungen ihrer beiden Leben und fand sie aus unerklärlichem Grund erstaunlich ähnlich.

Alles gut gelaufen, fragte sie und ließ die Hände auf meinen Schultern liegen, warst du vorsichtig? Keine Probleme? Oft fragte ich mich, was zwischen uns, fast ohne uns und trotz uns hatte wachsen können, das ich nicht Liebe nennen konnte (ich wusste auch gar nicht, was Liebe ist, ich selbst hatte Liebe nie gekannt) und das ich nicht zu bezeichnen wusste, war es eine logische Folge unserer freiwilligen Zurückgezogenheit, war es meine Freundschaft (ich würde fast sagen Schwäche) für Ké, die mich in Cats Augen aufwertete, eine Freundschaft, die zu gewinnen auch sie entschlossen schien, oder war es eins jener reinen Gefühle, eins jener authentischen Gefühle, die über einen hereinbrechen, nachdem sie im Geheimen, in der gegenseitigen Unkenntnis der Herzen gewachsen und dann ganz überraschend aufgeblüht sind, eine Zuneigung, deren Kraft und Gesundheit sie überall und für immer überleben lassen würde. Fast nie blieb ich bei der dritten Hypothese. Immerhin spürte ich zwischen Cat und mir etwas zutiefst Aufrichtiges und Unverwüstliches entstehen, also etwas, das nicht von den Umständen abhing. Außerdem brauchte ich sie, weil ich mit Kés fortschreitender Genesung, und während sich meine Gedanken meinem eigenen Fall zuwandten, immer häufiger von Angst gepackt wurde. Ich hatte mich ihr anvertraut, und in vielerlei Hinsicht war sie jetzt, mehr als meine eigene Mutter, mehr als Kérim, der Mensch auf der Welt, der am meisten über mich und über das wusste, was ich dort unten, in der sich wandelnden, manchmal steinigen und manchmal grünen Wüste getan hatte, deren Name in meiner Erinnerung zu verblassen begann.

Cat schlief jede Nacht neben mir. Wenn ich zu schreien begann, eingeholt vom feindlichen Feuer (gepackt vom wahren Feind, dachte ich, der Vergangenheit, die sich unendlich wiederholt) oder weil ich eine lächerliche Kompresse auf den abgerissenen Arm meines Kameraden Kateb presste (diese Szene oder die des Hinterhalts kam in meinen Träumen am häufigsten vor), hatte sie keine Angst, versicherte sie mir danach, und anstatt sich im Badezimmer unserer Etage am Ende des Flurs einzuschließen, anstatt ein Messer unter ihrem Kopfkissen zu verstecken, falls ich sie misshandeln würde (einmal hatte ich so hart gegen ihre Hüfte geschlagen, dass der Bluterguss drei Wochen brauchte, um völlig zu verschwinden, aber sie bedauerte nur, meinen Fausthieb nicht anhand der zunehmenden Verkrampfung meines Gesichts vorausgesehen zu haben), anstatt in ihre Zelle zurückzukehren und sich dort einzuschließen, richtete sie sich im Bett auf, beugte sich über mich und strich mir übers Haar oder versuchte, mich zu umarmen. Weder der reichlich strömende Schweiß noch die tiefe Trance, in die mich meine Albträume versenkten, stießen sie ab. Seit einiger Zeit, sagte sie mir morgens, nachdem sie mir ausführlich von der vergangenen Nacht berichtet hatte, habe sie sich angewöhnt, zu einer bestimmten Zeit, immer derselben, aus dem Schlaf aufzufahren, sie öffne die

Augen unmittelbar vor meinem ersten Schrei und komme mir zuvor, indem sie einen feuchten Lappen auf meine Stirn lege und meine Decke so feststecke, dass sie mich eine Zeit lang daran hindere, um mich zu schlagen. Und im grauen Himmel meiner schlechten Träume, die weniger Träume waren als der Kampf, der sich mir wieder und wieder darstellte, ehrlich gesagt so, als werde er immer realer, meinte ich ab und zu so etwas wie ein Nordlicht zu sehen und einen besänftigenden Nebel zu spüren, dessen Helligkeit und Kühle meine Aufmerksamkeit manchmal von den makabren Bildern abzulenken vermochten, denen ich nicht entkommen konnte.

Trotz des angeborenen Misstrauens, das sie gegen Männer hegte, trotz der Traumata, die sie erlitten hatte und die sie schlimmer quälten, als sie zugeben wollte, und ungeachtet ihres Lebensüberdrusses, der mindestens so stark war wie meiner, hatte Cat ein für alle Mal beschlossen, mich zu adoptieren – ich wüsste kein besseres Wort. Und ich, erschöpft von meinen Nächten ohne Erholung, besessen am Tag von Kérim, der unsichtbaren Bedrohung durch die Gendarmerie und den Feldwebel, von dem wir nichts mehr gehört hatten, seit Ké mir diesbezüglich gesagt hatte, er habe die Angelegenheit Oscar übertragen und ich könne sie somit als erledigt ansehen, ich habe Cat ziemlich schlecht für ihre Zuwendung belohnt, so viel steht fest. Lange dachte ich, meine Verpflichtung ihr gegenüber beschränke sich darauf, sie in Sicherheit zu bringen, was nicht schwer war, solange sie sich nie von der Einsiedelei entfernte, und mit ihr zu schlafen, so oft sie es wollte (aber es war nicht einfach, ihre Lust zu erkennen, sie sagte nie etwas dazu) und es mir körperlich möglich war, wie ein Liebhaber auf der Durchreise, der geht, sobald sein Bedürfnis befriedigt ist, und sie zu den unmöglichsten, akrobatischsten Positionen nötigt, um seine Fantasie zu stimulieren, und ihr auf diese Weise, das wird mir jetzt bewusst, jede andere Rolle als die einer Nutte zu versagen, nicht mehr und nicht weniger, während ich zweifellos die Lust zunichtemachte, die wir zusammen hätten haben können, eine übermenschliche Lust. Cat ignorierte jedoch diese Demütigungen und fand, je länger wir uns in der Einsiedelei aufhielten, zunehmend Vergnügen daran, sich öffentlich mit mir zu zeigen, und die Blicke der anderen waren zunächst wohlwollend (nur Oscars kleine Schwester guckte noch mürrischer als sonst), dann gereizt, als besäßen wir etwas, das wir nicht mit ihnen teilen wollten und um das sie uns beneideten.

Ihr im Gegenzug vor aller Augen die gleiche Zärtlichkeit zu bezeugen, hielt ich für undenkbar; ich war zu besorgt um Kérim und um mich selbst, verhielt mich im Grunde zu Cat, wie er sich zu mir verhielt, als Verführer, ich genoss es, mit ihr zusammen zu sein, wenn mir danach war und wenn ich Zeit hatte, nicht vorher und nicht nachher. Und da ich nicht imstande war, mich der Zuneigung, die sie mir beständig und bereitwillig gewährte, hinzugeben, konnte ich auch den Gedanken nicht verdrängen, dass letztendlich meine Nähe zu Kérim sie anzog, ich glaubte, sie sei immer noch an dem Geld interessiert, das ich von einem wohlhabenden Mann bekommen könnte, von der Position, die ich erlangen würde, wenn ich mir seine Gunst bewahrte. Ich täuschte mich. Zwar ließ die Angst vor dem nächsten Tag sie oft gegen ihre Prinzipien und manchmal sogar gegen ihren eigenen Willen handeln, aber Cat scherte sich nicht um Geld und erst recht nicht um die Macht, die es einem verschafft. Sie blieb vor allem eine Streunerin und lehnte es ab, zu etwas gezwungen oder festgehalten zu werden. Und wenn man akzeptierte, dass ihre Entscheidungen, abgesehen von ihrem Streben nach Unabhängigkeit (dieses Streben hatte sie verschrobenen Gedankengängen folgen lassen, die nur sie verstand, und dazu gebracht, sich zu prostituieren und sich nicht nur einmal in Gefahr zu begeben), auf keiner sichtbaren Logik beruhten und dass sie ihre Meinung nicht mehr änderte, wenn sie einmal von etwas die Nase voll hatte, war sie die beste Gefährtin, auch dann noch, wenn die Melancholie sie packte, die lebendigste, das heißt die zerrissenste.

Ich glaube, und das begriff ich ziemlich spät, für Cat war Kérim so etwas wie eine unerreichbare Berühmtheit, nach der man sich ab und zu erkundigt, weil der geliebte Mensch für diese ferne Gestalt eine besondere Zuneigung verspürt. Oder er war für sie der gute Samariter aus den Geschichten, dessen Motive und Arroganz ihr schon als kleinem Mädchen suspekt gewesen waren. Sie bewunderte Ké auf ihre Weise, aber bei einer Begegnung hätte sie nicht gewusst, was sie ihm sagen sollte, weniger eingeschüchtert als gleichgültig und darauf bedacht, jeden gleich zu behandeln, sie hätte ihm sogar vorgeworfen, mit den Mitteln, über die er verfügte, nicht genug für uns zu tun. Vielleicht hätte sie ihn obendrein provoziert, als dreckigen Krebskranken beschimpft oder dafür verspottet, sich nicht schneller bewegen zu können, um ihn für seine Wohltaten zahlen zu lassen, die er so leichtfertig verteilte und die ihn, so Cat, nicht viel kosteten – Unterkunft und seinen Schutz. Ja, jetzt bin ich überzeugt, sie hätte eine Tapferkeit gezeigt, die mir, wie ich wusste, abging und die darin besteht, jeden, der sich überlegen fühlt, zu erniedrigen, sie war tapfer, tapferer als ich. Gefahren oder Drohungen kümmerten sie nicht, solange sie sich nicht verlassen und einsam fühlte, ohne es zu wollen. Sie blieb nicht aus Verdruss bei mir, wie ich geglaubt hatte, sondern aus freien Stücken, absolut, wenn man so sagen kann, mit den besten Absichten, und obwohl sie, geschlagen mit einer pessimistischen Natur, überzeugt war, dass mich die Polizei bald schnappen würde und der Feldwebel auftauchen und sie dann ohne Gewalt überreden würde, ihm zu folgen, sah sie voraus, dass sie an meiner Seite bleiben und dem Schlimmsten die Stirn bieten würde.

Cat stellte sich zwar oft die Katastrophe am Ende unserer Beziehung vor (und ihrer Ansicht nach musste leider jede Beziehung auf diese Weise enden), schien jedoch jeden Moment, den wir miteinander verbrachten, zu suchen und zu schätzen, vielleicht gerade weil sie glaubte, die Momente seien gezählt. Und ich machte Fortschritte mit Cat; ich ging mit ihr voran, ohne unser Ziel zu kennen, beteiligte mich, so gut ich konnte, an dem Hin und Her, das ich um mich herum wahrnahm. Mit ihr hatte ich meine irrationale Angst überwunden, mich auf dem Plateau zu zeigen, ohne Deckung, wie ich voller Schrecken gedacht hatte, und den Berggipfel zu erklimmen, auf dem ein großes Kreuz stand, das überall in C. zu sehen war. Mit ihr konnte ich stundenlang wandern, geschützt vor neugierigen Blicken, den Arm um ihre Taille, ihre Wärme und die Duftspur suchen, die ihre langen Haare hinterließen; unter unseren Füßen knackte der Nadelteppich wie die Tannenwipfel unter dem Schritt des Tauwetters. Und wenn wir, beim Kreuz angelangt, aus unserer gesunden Höhe die kleine Stadt C., ihre Form und ihre Grenzen betrachteten, fühlte ich mich näher am Himmel und sozusagen näher bei mir, klarer, dann waren Kérim und die Kriege, die er führte, und alle Kriege und die, die sie wollten, und die, die sie sich lieferten, plötzlich weit weg, und meine entstehende Liebe für Cat, was hätte es anderes sein können?, und ihre auf mich gerichteten braunen Augen sehr real.

Kurz nach meiner schmerzhaften Begegnung mit Kérim brach ich völlig zusammen. Wie ich erwartet hatte, ließ mich Kérim nicht mehr kommen. Diesmal schien endgültig etwas zwischen uns zerbrochen, jetzt wäre es vergeblich gewesen, zu ihm zu gehen und ihm meine Kriegserfahrungen oder irgendeine andere Geschichte zu erzählen, die ihn hätte besänftigen (wenn das überhaupt möglich gewesen wäre) und mir seine Vergebung schenken können. Und so konnte ich letztendlich nicht verhindern, dass ich in Cats Arme sank. Ich war ein Wrack und klammerte mich an sie, gab plötzlich nach, obwohl ich nicht mehr viel Verlangen in mir spürte, abgesehen von dem, mich zu verdrücken, ich gab mich der zwiespältigen Anziehung hin, die ich für sie bewahrte und die unsere Nächte des gemeinsamen Leids nicht erstickt hatten. Ein paar viel zu kurze Tage verbrachten wir jede Minute miteinander, obwohl unsere Beziehungen zu den anderen Bewohnern der Einsiedelei schwieriger wurden, je mehr ich in Cat aufging, wenn ich so sagen darf. Cat und ich mussten uns viele Vorwürfe anhören. Die meisten unserer Freunde hätten gern aktiv an unserer Beziehung Anteil genommen, sie waren aufgebracht und überrascht, ebenso wie ich es sein konnte, wenn ich ab und zu aus meiner Betäubung erwachte, sie hätten gern, so sagten sie uns, mit uns darüber diskutiert, wie angebracht solche Ausschweifung, so eine Zurschaustellung von Gefühlen sei, während sich viele von ihnen trotz der ständigen gegenseitigen Hilfe und der großen Solidarität allein fühlte, allein in den Nächten und entsetzlich allein in jedem leeren Moment ihrer Tage, die sie doch voller Eifer mit Diskussionen, endlosen Sitzungen und Arbeiten füllten. Unsere eigenartige, schamlose Liebe, gleich der eines Kranken zu seiner Krankenschwester und einer Krankenschwester zu ihrem Kranken, bedrohe am Ende das Gleichgewicht der Gemeinschaft, die sich um den Preis so großer Mühen und Opfer gebildet habe, legte man uns nahe, ich allerdings erinnerte mich nicht an diese Opfer und Mühen. Es gab nicht direkt einen Prozess, man zwang uns nicht, vorzutreten, was ich im Unterschied zu Cat, die außer sich war, nicht unnormal gefunden hätte, ich war daran gewöhnt, dass die persönlichsten Probleme von den höchsten Gremien geklärt wurden, schließlich war einige Wochen zuvor, vor allem, um praktische Fragen zu klären, ein Einsiedler-Beirat gegründet worden, der diese Rolle hätte übernehmen können. Da kein klares Urteil über unsere Situation gefällt wurde, kam es dazu, dass unsere Beziehung zu denen, die sich am meisten im Leben der Einsiedelei engagierten, plötzlich abriss, während die Eltern von Ké und Oscar (sein Vater zweifellos, die Mutter war etwas ausweichender), der Pensionär Henri und der mexikanische Dichter Vargas, der im Begriff war, uns zu verlassen, um zu seinem Freund Pardo nach Italien zu reisen, uns diskret unterstützten, wobei sie jede unnötige Konfrontation mit den anderen vermieden. Nach zehn Tagen einer seltsamen Romanze, die die schrecklichsten und schönsten meines Lebens waren und mir ausnahmsweise eine relative Ruhe oder gar den Rückzug aus den Geschicken der Welt gönnten, von denen die beiden Dichter oft sprachen, redeten Cat und ich fast nur noch miteinander. Und eines Nachts wurden die Albträume, die an Kraft verloren hatten, wieder zehn Mal schlimmer.

Henri, dem Cat von meinen Problemen erzählt hatte, die es mir unmöglich machten, nach C. zu gehen und mich einer klassischen Behandlung zu unterziehen, schlug mir rasch aufeinanderfolgende, intensive Sitzungen suggestiver Hypnose vor, um die Folgen dessen zu lindern, was seiner Meinung nach, und in meiner Apathie war ich sicher, er habe recht, nur posttraumatischer Stress sein konnte. Funktionierte die Hypnose – Henri machte einen kompetenten Eindruck, aber ich hatte große Mühe, meine Skepsis zu überwinden –, oder half mir eher der gründliche Blick auf meine Symptome und dann auf die Ursachen dieser Symptome während der langen Diskussionen mit Henri, die jeder Sitzung vorangingen und folgten, meine Qual und die Scham, mich zu quälen, zu überwinden, das Gefühl zu überwinden – das immer da war, ohne dass ich es wirklich merkte, wie Henri meinte –, meine Kameraden beim Einsatz im Stich gelassen zu haben? Auf jeden Fall nahm die Intensität meiner Albträume deutlich ab, meine Nerven entspannten sich wie nie zuvor, ich war wie ausgeblutet.

In meinem Zustand dachte ich nicht mehr an Kérim, nur noch an mich. Cat war meine Welt geworden. Dann aber, ungefähr einen Monat nachdem ich ihn zum letzten Mal gesehen hatte, wurde in der Einsiedelei wie eine höchst wichtige Neuigkeit angekündigt, dass Kérim im Begriff sei, das Sanatorium zu verlassen und bei uns einzuziehen. Das hieß, dachte ich, sicher war ich nicht, dass ich gehen musste. Aber auch am Tag vor seiner geplanten Ankunft, als ich versuchte, ein paar Stunden ohne jede Spannung, wie Treibgut zu leben, wusste ich immer noch nicht, was ich tun sollte; ich war außerstande, irgendetwas zu entscheiden. An jenem Tag tauchte der Feldwebel wieder auf. Er stand eines Morgens sehr früh vor der Einsiedelei. Cat schlief noch, der Hof war menschenleer, und ich sah ihn als Erster. Er machte keine Anstalten, sich zu verstecken, im Gegenteil. Er stand am Fuß der Treppe, vielleicht fünfzig Meter von mir entfernt, die Hände in den Taschen, die Beine gespreizt, und starrte mich an. Dann, als er sicher war, korrekt identifiziert worden zu sein, hob er den Arm, um mich zu grüßen, als würden wir uns zufällig auf der Straße treffen, und kam auf mich zu, durchquerte seelenruhig den Hof, wobei er sich beeindruckt umschaute. Nachdem er vor mir, sehr nah vor mir stehen geblieben war, teilte er mir sofort seine ersten Eindrücke mit: Toll, euer Unterschlupf, aber weit oben und ab vom Schuss, jetzt ist mir klar, dass ich Lily mein Leben lang hätte suchen können, ohne sie zu finden. Aber sie heißt ja jetzt Cat, oder? Na gut, auch hübsch. Ich war wie versteinert, genauer gesagt erschlafft, weil die Entspanntheit, in die mich die Medikamente von Henri versetzten, stärker war als meine

Angst, die Strumpfhose, die ich auf eine improvisierte Wäscheleine hatte hängen wollen, blieb in meiner geballten Faust, und das Wasser rann auf meine Schuhe und durchnässte meine Hose. Der Feldwebel hatte aufgehört, sich umzusehen und Bewunderungsschreie auszustoßen, und musterte mich rasch von Kopf bis Fuß. Mit einer für sein Alter und seine Korpulenz recht raschen Bewegung, aber das überraschte mich nicht, nahm er mir die Strumpfhose aus der Hand, schob mich dezent beiseite und hängte die Wäsche zu Ende auf – von meinem Platz aus, es war mein Platz und ich konnte mich nicht rühren, sah ich seine dicken Finger mit abgekauten Nägeln Cats Unterwäsche aus der Schüssel nehmen, Cats Blusen und Cats Röcke geschickt ausschütteln und dann sorgfältig aufhängen. Bitte schön, sagte er und trat zurück, um seine Arbeit zu begutachten. Dann drehte er sich zu mir um und hinderte mich daran, die Schüssel wegzutragen: Haben Sie vielleicht einen Kaffee? Und was Stärkeres? Ist Lily in der Nähe?

Ich bot einen erbärmlichen Anblick, das war mir klar, als ich in der Küche schlaff und nass von kaltem Schweiß dem Feldwebel gegenübersaß, der mich nicht aus den Augen ließ. Er sah nicht wütend aus oder enttäuscht, eher amüsiert. Cat, die ich hatte holen lassen, gab sich stattdessen herablassend, weder überrascht noch verstört, sie hatte sich hinter meinen Stuhl gestellt, dann die Arme um meinen Hals gelegt und zeigte mir in dieser unbequemen Position reglos und beharrlich ihre Unterstützung, als drohte in dieser Situation *mir* die größte Gefahr. Keiner von denen, die sich irgendwann unsere Gefährten genannt hatten und die nacheinander und immer wieder in die Küche kamen, um ihr Frühstück zu holen, interessierte sich für unser Schicksal oder die Identität des Mannes, der vor uns saß und den sie nie gesehen hatten, obwohl Besucher in der Einsiedelei selten waren und bestürmt wurden, weil sie möglicherweise Neuigkeiten mitbrachten (wir weigerten uns geschlossen, fernzusehen), sie überließen uns, hinreichend mit ihrem Tun beschäftigt, unserer ausschließenden Liebe, unserer Geheimniskrämerei und unserem Getuschel. Der Feldwebel beugte sich über seine Tasse und genoss mit einem Ausdruck unaussprechlicher Befriedigung den mit Bourbon verlängerten Kaffee. Er machte den Eindruck, als hätte er sich seit Monaten nicht gewaschen, obwohl man auch sagen konnte, sein Äußeres sei gepflegt, zum Beispiel stank er kein bisschen, und trotzdem war irgendwas an seiner Erscheinung abstoßend, bereit, dir an die Gurgel zu springen, so hätte ich es ausgedrückt.

Nachdem er seinen Kaffee endlich ausgetrunken hatte, begann er, immer noch lächelnd, über unsere Situation zu reden, die seiner Meinung nach unhaltbar war. Er sei gekommen, um uns zu helfen, sagte er und streckte uns zum Zeichen des guten Willens die offenen Hände entgegen. Uns zu helfen, die richtige Entscheidung zu treffen, darauf komme es an. Wir müssten ihm nicht danken. Es gebe keinen Grund, dass die Sache schlecht laufe, fügte er hinzu, den gebe es am Anfang nie, das Unglück komme immer von der Starrköpfigkeit der Leute, die die Regeln und ihre eigenen Grenzen falsch einschätzten. So ist es im Gefecht, das wissen Sie bestens. Genauso im Spiel. Genauso im Leben überhaupt. Genauso in der Liebe. Ich bin hier, weil ich euch beide mag. Vor allem Lily, das streite ich nicht ab. Cat.

Auf jeden Fall bin ich nicht wegen mir hier. Und der Feldwebel redete über Moral. Als ehemaliger Soldat und wenngleich ihn gegenüber der Armee die zwiespältigsten Gefühle plagten, könne er nur bedauern, dass ich noch nicht zu meiner Einheit zurückgekehrt sei. Meine Haltung dürfe man nicht gutheißen. Und Frankreich?, fragte er mich, runzelte die Stirn und senkte den Kopf. Und Ihre Kameraden? Sie können nicht hierbleiben, ohne zu arbeiten, ohne etwas zu tun, ewig einem reichen Mann auf der Tasche liegen (Sie verstehen, was ich meine), morgen hat er vielleicht schon keine Lust mehr, Sie zu versorgen und zu schützen, oder übermorgen. Nehmen Sie den Mann, den er mir geschickt hat, um … Ehrlich gesagt ist mir nicht ganz klar, warum dieser Oscar, was für ein lächerlicher Name, vor ein paar Tagen zu mir gekommen ist, aber ich würde sagen, der Mann mag Sie nicht, übrigens hat er mir, ohne dass ich ihn gefragt habe, Ihre Adresse und eine Menge weiterer Informationen gegeben. Und ich bin auch nicht sicher, ob dieser Kérim (beim Aussprechen seines Namens verzog der Feldwebel angewidert das Gesicht), ich bin nicht überzeugt, dass er wirklich an Ihnen hängt. Haben Sie Pläne? Haben Sie Geld? Ich habe gehört (ohne es zu wollen), dass Ihre Mutter in der Stadt lebt, aber angesichts ihres Alters ist es wohl auch keine Dauerlösung, bei ihr zu wohnen. Nein, glauben Sie mir, vorläufig ist es am besten, wenn jeder dahin zurückgeht, wo er hingehört. Ich habe ein bisschen Geld beiseitegelegt, sagte er und rieb einen der glänzenden Knöpfe an seinem Mantel, ich habe gespart, auch wenn es nicht so aussieht. Lily weiß es, ich hab sie gern, meine Kleine, wir fahren an einen warmen Ort und du brauchst nicht zu arbeiten. Da machst du, was du willst, Cat. Wenn du willst, bist du wie meine Tochter. Und wenn du willst, meine Lily, wartest du auf ihn. Aber er muss seine Zeit abdienen, das ist nun mal so, es nützt nichts, sich dagegen zu wehren. Das ist besser, es ist gut für euch beide. Ihr seid jung. Seid nicht so eigensinnig, sagte er und stand auf, ohne eine Antwort zu erwarten, ich spürte in meinem Rücken, wie Cat sich versteifte, sie war kurz davor, loszubrüllen, Eigensinn wär das Schlimmste, nuschelte er noch, dann rekelte er sich erschöpft, als habe er seit Tagen nicht geschlafen, stieß einen zufriedenen Seufzer aus, sank in sich zusammen, ließ den Kopf hängen und verschwand mit großen Schritten.

Der Rest des Tages und die Nacht waren eine Qual. Es war, als sei die Stimme des Feldwebels bei mir geblieben und rede ohne Unterlass auf mich ein, flüstere mir seine Vorstellung von Pflicht, Schuld und Strafe ein – *du bekommst, was du verdienst.* Meine Panik steigerte sich noch, weil ich die Situation auch nicht mit Cat besprechen konnte, die sich unmittelbar nach dem Verschwinden des Feldwebels in ihrer Zelle eingeschlossen hatte, und so blieben wir mut- und ratlos jeder für sich (mit welcher Leichtigkeit sich eine scheinbar fest verwurzelte Liebe in einem Augenblick verflüchtigen kann), Cat vielleicht etwas weniger mutlos als ich, vielleicht war ihr die Aussicht, mich für den Feldwebel zu verlassen, nicht absolut zuwider – das war alles, woran ich denken konnte. Unfähig zu überlegen und erst recht zu reagieren, beschränkte ich mich darauf, Kérims Ankunft abzuwarten, ohne zu wissen, ob ich seine Hilfe erbitten oder ihm entgegentreten sollte, um Erklärungen für

Oscars Versagen, das auch seines war, zu verlangen, ich tat nichts außer warten, wie man auf eine Erscheinung wartet, wie ich es letztendlich immer getan hatte, warten, dass sich alles ohne mich einrenkt. Am Nachmittag erfuhr ich, dass Kérim erst abends in die Einsiedelei kommen würde und dass für denselben Abend ein Fest zu seinen Ehren geplant war, ein Fest, über das mir Xavier nichts Genaueres erzählen wollte, der sich darauf beschränkte, mich hinterlistig zu fragen, ob ich zufällig Zeit hätte, bei der Vorbereitung zu helfen.

Um zwanzig Uhr war Kérim immer noch nicht erschienen. Ich wagte nicht, an Cats Tür zu klopfen, ich wusste nicht mal, ob sie noch da war oder schon geflohen; ich begnügte mich damit, auf die Ankunft meines persönlichen Retters zu lauern, so würde es wohl immer sein, Bewegungen in der Dunkelheit, eine einzelne Gestalt, sein Ausbleiben strapazierte meine Nerven. Für ihn hatte man wieder die beiden Scheinwerfer eingeschaltet. Vom oberen Ende der Treppe bis zum Eingang des alten Hotels säumten Hunderte Kerzen verschiedener Größe, die meisten aus Kirchen geklaut, einen leicht zu findenden Weg, sie ermöglichten den Gästen des Abends in fast absoluter Dunkelheit und mangels eines roten Teppichs die Orientierung und verhinderten sicher auch, dass die zahlreichen Ehrengäste, die nur widerwillig kamen, erschöpft von dem Vorwärtstasten auf dem engen und tückischen Pfad zur Einsiedelei, sogleich wieder den Rückweg antraten. Vielleicht wären sie aus Angst, Kérim zu missfallen, in jedem Fall bis zum Ende gegangen, hätten sich die Knöchel verknackst und die Schuhe schmutzig gemacht, um schließlich heil auf dem Hof anzukommen, den sie entzückend finden würden, obendrein von bunten Lampions empfangen, mit denen man die Fassade des früheren Hotels bedeckt hatte und von denen man hoffte, sie seien bis unten, in C., und weiter sichtbar, damit, wie das Festkomitee erklärt hatte, alle von der hier herrschenden Freude erführen, den allgemein bekannten Kérim San gesund und munter wiederzusehen.

Drinnen im Speisesaal, wo man nicht ohne Mühe die Heizung in Gang gesetzt hatte, wartete eine beachtliche Menschenmenge in zwei mehr oder weniger gleich großen Gruppen, die einander ignorierten, aber die beiden wichtigen Epochen in Kérims Leben verkörperten. Die eine Gruppe stand für seinen gesellschaftlichen Ehrgeiz und das inbrünstige Streben nach Ansehen, vertreten durch zahlreiche Ärzte, berühmte Sportler, die aus C. stammten, Geschäftsleute und einige Politiker, die, erstaunt über diese Kulisse und misstrauisch, von Zeit zu Zeit finstere Blicke zu ihren Assistenten warfen oder wütend ihre Agenten anriefen, die ihnen versichert hatten, ihre Anwesenheit sei unverzichtbar. Trotz der Feindschaft und des glühenden Hasses, die zwischen ihnen herrschten, rückten sie im Bewusstsein, derselben Gesellschaft anzugehören, erst recht in diesem armseligen Rahmen, zusammen und bildeten einen nahezu undurchdringlichen Kreis. Auf der anderen Seite des Speisesaals standen diejenigen, die wohl die jüngste, mehr vom Idealismus, einem krankhaften Idealismus geprägte Zeit in Kérims Leben symbolisierten und die mehrheitlich in der Einsiedelei wohnten oder hofften, eines Tages dort einzuziehen, eine große Masse, ebenso zerstreut, wie die andere kompakt war, voller Begeisterung – die meisten kannten Kérim nicht einmal und wollten ihm nur nahekommen, das Gesicht zum Namen sehen, einige hofften verzweifelt darauf, wenn sie erst vor ihm stünden, ihre Schüchternheit zu überwinden und ihn anzusprechen. In dieser Gruppe sprangen oder besser schlichen einem ein paar zwielichtige Gestalten ins Auge, die nicht eingeladen waren, weil man wusste, dass sie sich schlecht benehmen würden, oder einfach, weil Kérim sie total vergessen oder nie von ihnen gesprochen hatte, die ihn jedoch, das wusste ich, unter einem gewissen Blickwinkel und in gewissen Zeiten sehr gut gekannt hatten und jetzt aus dieser verschwommenen Zone in Kérims Gedächtnis hervorkrochen, aus dieser Vergangenheit, die sich seiner erinnerte, was er auch tat, und die selbst die schlimmste Krankheit nicht hatte entwerten können. Sie sahen nicht besonders rachsüchtig aus, eher verbittert. Wo ich hingehörte, vermochte ich nicht zu sagen, ich hatte Freunde auf beiden Seiten, ich hatte Feinde auf beiden Seiten. Während ich noch zögerte, wie ich mich verhalten sollte, vielleicht konnte mir jemand in der Menge der früheren Straftäter oder der Notabeln einen nützlichen Rat geben, mir, warum nicht, zu Hilfe kommen, erblickte ich den Feldwebel.

Ich begann zu zittern. Dabei war es gar nicht schwer, ihm aus dem Weg zu gehen. Er blieb vor dem Büfett stehen, aß und trank ohne Unterbrechung und wandte den anderen Gästen entschlossen den Rücken zu. Ich glaube, dass die verstörte Cat ihn gar nicht sah. Sie war spät zu mir gekommen. Sie sah entsetzlich aus, verheerend, als hätte sich ihr Gesicht nach einem Drogenschlaf oder einem langen Kampf mit sich selbst aufgelöst, sie klammerte sich an meinen Arm, als erwarte sie, jeden Moment weggezerrt zu werden – als sei nun sie die Kranke, um die man sich kümmern müsse, jetzt vertraute sie sich mir an, sie zählte auf mich.

Endlich, gegen zweiundzwanzig Uhr, als die zahlreich anwesenden Advokaten die Hoffnung aufgaben, je einen der besten Kunden von C. als Mandanten zu gewinnen, als ich im Begriff war, mit Cat fortzugehen, aufs Geratewohl, sei's drum, erschien Kérim. Er schien sich nicht für den Anlass gekleidet zu haben, der smaragdgrüne Trainingsanzug, obendrein eine nicht zu identifizierende Marke, stach heraus inmitten der Anzüge und Abendkleider. Aber ich kannte ihn, und weil dieser Augenblick letztendlich die Vollendung seines Lebens war, weil er so von diesem Abend geträumt hatte, wo er, wenigstens vorübergehend, allein im Zentrum der Aufmerksamkeit der guten und der weniger guten Gesellschaft stehen würde, hatte er seinen Auftritt vermutlich sorgfältig vorbereitet, hatte er sich darauf vorbereitet, auf seine Art zu triumphieren, ohne sich den Normen und Gewohnheiten derer zu beugen, die ihn so lange verachtet hatten, er konnte sich sogar, indem er sich wie der letzte Penner kleidete, über die Bemühungen der Armen wie der Bonzen lustig machen, über den Klinikchef, der extra gekommen war, obwohl er Kérim während seiner Krankenhauszeit nur ein einziges Mal besucht hatte, über den Pensionär Henri, der seine letzten anständigen Sachen angezogen hatte, oder den Maler, der sich extra rasiert hatte und den ich, da er sich von Kérims Auftritt verraten fühlte, seinen Plastikbecker voller Wein zerdrücken und wegwerfen sah. Es fand sich allerdings niemand, der sich offen beschwerte, schließlich hatte Kérim gerade eine Leukämie überwunden (dieses Wort war in aller Munde), und die Erleichterung überwog, das Fest konnte beginnen, deshalb ertönte nach einigen Sekunden verlegener Stille ein Hurra, das von allen Anwesenden aufgenommen und drei Mal wiederholt wurde, ehe es im donnernden Applaus unterging. Er hat es geschafft, sagte ich mir, er hat es geschafft: Auf beiden Seiten feierte ihn eine pluralistische und in seiner Anbetung vereinte Menge, die sich, um ihm Platz zu machen, teilte wie das Meer.

Von unserem Platz im hinteren Teil des Saals aus und während ich mit einem Auge den Feldwebel überwachte, der dem Auftritt nicht die geringste Aufmerksamkeit schenkte, konnte ich nicht erkennen, ob Ké, der am Arm seines Vaters mit sicherem, wenngleich noch etwas schleifendem Schritt (auch dafür, sich trotz der Lumbalpunktionen aufrecht zu halten, normal zu laufen oder den Anschein zu erwecken, er sei dazu imstande, hatte er in Vorbereitung dieses Abends ganz sicher unermüdlich trainiert) durch die Menge kam, seine Zufriedenheit darüber verbarg, uns um einen Blick oder einen Gruß buhlen zu sehen; er benahm sich wahrhaft königlich, das heißt, ohne uns zu zeigen, was er angesichts unserer Anwesenheit empfand, ob er gleichgültig oder gerührt war oder aber verärgert, dass man ihm während seiner Genesung so eine Veranstaltung zumutete. Sein Gesicht blieb undurchdringlich, während er die Glückwünsche und Aufmunterungen jedes Einzelnen entgegennehmen musste – eine Schlange hatte sich vor dem Stuhl, auf den er sich schließlich gesetzt hatte, gebildet, in die mich einzureihen ich ablehnte, und ich konnte ihn nach Belieben beobachten. Kérim hatte die hässlich nachgewachsenen Haare schneiden lassen, und sein Schädel glänzte ebenso wie seine Nägel, als hätte er sie lackiert, er hatte seinen Bart ein paar Tage wachsen lassen, bevor er kam, einen Hauch Make-up auf Wangen und Stirn aufgetragen und schließlich seine Lieblingsuhr angelegt, die man ihm im sterilen Zimmer zu tragen verboten hatte und die um sein Handgelenk hing, er hatte sich aufgedonnert, auch wenn er den entgegengesetzten Eindruck vermitteln wollte. Und zweifellos waren die Bekundungen der Ehrerbietung, die er fast zwei Stunden lang entgegennahm und bei denen er kein einziges Mal durch ein Lächeln oder eine Geste erkennen ließ, dass sie ihm das geringste Vergnügen bereiteten, zweifellos waren diese Bekundungen für ihn im Grunde ebenso unverzichtbar wie die Erholung und die Ruhe, die er erhoffte, wenn er sich nun in die Einsiedelei zurückzog, sie verkörperten einen Moment lang den Sockel, auf dem er immer schon über allem stand, über mir, über seiner Krankheit und den Zufällen der Natur, allein, unbesiegt. Um Mitternacht, wie im Märchen, als die Gitarrenakkorde und die Stimme von Oscars Vater wieder einsetzten, zog sich Kérim überdrüssig zurück, durchquerte ohne Hilfe den Hof und betrat die Einsiedelei, wie, fiel mir ein, ohne nachzudenken, wie um darin seine Seelenarmut und seine Hässlichkeit zu verbergen.

Ich folgte ihm mit Cat an der Hand, die ich zwang, mich zu begleiten, und wir fanden Kérim, der in einer freien Zelle nach vorn gebeugt auf dem Bett saß und die Augen auf das Fenster richtete, als sei seine Fantasie, das Verwunschene, das ich immer an ihm geliebt hatte, damit beschäftigt, die Silberleiter zu bauen, die ihn zu dem Viertelmond bringen könnte, den man hinter der dunklen Masse der Bäume aufgehen und die Wolken durchbohren sah. Beim Anblick dieses Mannes, den ich endlich wiederzufinden meinte, an seinem Höhepunkt oder seinem Tiefpunkt, es stand mir nicht zu, das zu entscheiden, sein Gesicht wieder jung im Licht des Mondes, unter dem magischen Einfluss des Mondes, der sich seiner bemächtigt hatte und, nachdem er auf geheimnisvolle Weise gewirkt hatte, all sein Übel zu sich hinaufholte, beim Anblick des Freundes, der sich einen Moment lang gehen ließ, um sich der Zeit und den Dingen, wie sie waren, und nicht, wie er sie wollte, anzupassen, war mein Stolz, ebenso wie die Angst, mich auszuliefern, allem nicht gewachsen zu sein, mit einem Schlag verschwunden. Er ist mein Prinz, sagte ich mir, genau, mein Prinz, egal, was er tut oder sagt, da ist nichts zu machen. Als ich wie in einem Traum sein Zimmer betrat, als beträte ich vielmehr die materialisierte, im Mondlicht badende Hoffnung auf Ké, fürchtete ich mich nicht mehr, ihn anzuflehen. Und ich kniete neben ihm nieder und legte die Hand auf seinen mageren Schenkel und flehte ihn an. Ich sagte ihm alles, wild durcheinander, all das Gute, das uns seine Hilfe gebracht hatte, in einem Moment, da wir ohne Zuflucht gewesen waren, alles vom Feldwebel, von den Drohungen, von Oscars Verrat, und auch, was ich für ihn, für mich und für Cat (Kérim schien nicht gleich zu begreifen, wer diese Cat war) wollte, was ich am meisten wollte, nämlich meinen Seelenfrieden, ich will nicht mehr so weitermachen, sagte ich zu ihm, mit dir zerstritten sein, ich will nicht, dass du mir noch böse bist. Wir sind nicht mehr fünfzehn … In unserem Alter wird es Zeit, etwas anderes zu tun, sagte ich, wir müssen andere Schlachten schlagen, andere Leben leben, andere … Ich war nicht mehr erschrocken über meine Redegewandtheit, über die Worte, die ich bisher zu entschieden und zu hart gefunden hatte, und Kérim verstand mich besser als ich selbst, wie er es immer getan hatte, er setzte meine Gedanken fort. Ja, sagte er, ja … Es ist ein anderer Kampf, ein innerer … Zu leben … anders … geführt … von uns selbst … In Eintracht … mit uns selbst … Ich gebe dir Geld, sagte er plötzlich und sah mich an, viel Geld, fügte er hinzu und kam mit seinem Gesicht ganz nah an meins, wie um meine Reaktion besser wahrzunehmen, aber damit brach er den Zauber, der mich seine Worte trinken ließ – allerdings hätte ich schwören können, dass seine Augen im Halbdunkel glänzten. Du kannst fliehen, fuhr Kérim fort, du organisierst dir deine Zukunft mit diesem Geld, alle sollten irgendwann mal über genug Geld verfügen, um zur Ruhe zu kommen … Alle … Aber ich will dich hier nicht mehr sehen, fügte er hinzu, du gehst, gleich morgen, und das Mädchen auch. Ich will in meinem Rhythmus gesund werden, umgeben von meinen Leuten … Nur von meinen …

Am Ende, aber es gibt kein gutes, kein angemessenes Ende für so eine Trennung, als sich Cat endlich in der Zellentür zu zeigen wagte, sagte Kérim noch Folgendes: Ich habe mich von Oscar und den drei Männern, die er engagiert hatte, getrennt. Ich konnte nicht anders, verstehst du, ich habe ihm nicht mehr vertraut. Ich weiß, was er euch angetan hat, sagte er, und ich weiß alles, was es über diesen Feldwebel zu wissen gibt, mach dir keine Sorgen, ich kümmere mich um ihn … Er hat sowieso nichts damit zu tun … Ehrlich, Zalik, es ist alles in Ordnung, die beiden bedeuten nichts … Oscar wird euch keine Probleme machen, ich habe ihn auch bezahlt, reichlich … Außerdem ist er gar nicht böse, oft will er etwas Gutes tun … Er erinnert mich sehr an dich, als du jung warst, an uns, als wir jung waren, sagte er und lächelte freimütig, oder bösartig, das war nicht zu erkennen, da das Mondlicht einen großen Teil seines Gesichts im Dunkeln ließ. Und dieser Feldwebel, schien er sich zu fragen, während er die Augen abwandte, ist das vielleicht die Zukunft, die uns erwartet? … Unser Alter … Kann schon sein … Dann bat er mich, zu gehen und die Tür hinter mir zu schließen.

6

Es gibt nichts Niederschmetternderes als unseren Aufbruch aus der Einsiedelei am nächsten Morgen, niemand außer dem Pensionär Henri, noch halb im Schlaf, kam heraus, um sich zu verabschieden, uns Glück zu wünschen. Cat brachte kein Wort hervor und ging los, ohne einen Blick zurück. Ich dagegen empfand, glaube ich, vor allem Erleichterung. Als ich mit leerem Kopf ein letztes Mal im strahlenden Morgenlicht den Berg hinabstieg, schaute ich nicht nach unten, auf den Wald oder in den Himmel, sondern nur auf Cats Rücken vor mir und fragte mich, welche Zuflucht Cat und ich nun, da wir ein richtiges Paar waren, das in Schwierigkeiten steckte, am Ende unseres Weges finden würden … Welches schmutzige Zimmer (auf einem Bergplateau, in Mexiko-Stadt) würde uns aufnehmen, welches Holzhaus konnten wir mit eigenen Händen errichten, in welcher Gemeinschaft würden wir ungezwungen und glücklich bis ans Ende unserer Tage leben können? Anders als Cat war es mir nicht wichtig, in der Sonne zu leben. Ich hätte mich sogar gern in einem Nebelland niedergelassen. Oder neben einem Bayou. Oder in einem Wald aus Nussbäumen und Eichen. Keine Sonne für Ruheständler, für Urlauber, kein Strand. Aber eine sehr exotische, sehr schwierige Fremdsprache, die uns ihre Geheimnisse erst nach großen Mühen offenbaren würde. Die Geheimnisse bewahren würde. Wir mussten eine verlassene Herberge, ein verfallenes Hotel, eine spottbillige Einsiedelei finden, manche verlassenen und unzugänglichen Gegenden waren voll von Ruinen, und wir würden unser Leben damit verbringen können, sie miteinander wieder aufzubauen. Das war unser gemeinsames Projekt, ganz am Ende des Wegs. Wir würden uns an einem See niederlassen müssen, um es richtig zu machen. Das war teurer. Vielleicht an einem Strand? Das war noch teurer. Auf jeden Fall hätten wir einen eigenen Badesteg, dessen Benutzung wir den Nachbarn verbieten würden, aber nicht den Kindern. Unseren Kindern? Nein, keine Kinder. Oder, sagte ich mir, am Meer leben, *am Gedicht des Meeres*, wie Pardo, den Blick in die Ferne gerichtet, gerne gesagt hatte, bestimmt kam er aus einer Küstenstadt in Chile, Valparaíso oder etwas in der Richtung. Meer, einverstanden, sagte ich mir, aber nur von einem Felsen aus zu betrachten, in Südengland oder auf einer griechischen Insel, die man auf keinen Fall als paradiesisch würde bezeichnen können. Dort ein Fischerhäuschen mit blauen Fensterläden, abseits des Dorfes, drinnen ein traditionelles Fischernetz als einzige Zierde und ein schmutziger, nie gefegter, nie gewischter Holzfußboden. Wir würden uns natürlich eine große Vielfalt an Rezepten überlegen müssen, um den Fisch zuzubereiten, zu meinem großen Missfallen würde die glühende Sonne Cat zufriedenstellen. Aber auf diesen idyllischen Bildern, die vorbeizogen und die ich nacheinander an die nackten Wände in meinem Kopf hängte (kaum von ihm getrennt, war mir, als spräche ich wie Kérim, als finge ich an, wie Kérim zu denken), tauchte, wie mir bewusst wurde, Cat gar nicht oder nur im Hintergrund auf, als die ergebene, diskrete und arbeitsame Frau, die sie nie sein konnte. Tatsächlich malte ich mir die Zukunft allein aus, immer allein, ich würde Oliven und Brot essen, ich würde nur Wasser trinken, ich würde täglich trainieren, ich würde vielerlei Handwerk erlernen, um meinen Geldvorrat zu strecken und um mich zu beschäftigen, auch um mich vorzubereiten, aber worauf? Umgeben von Kindern, die nicht meine wären und die ich von Weitem gernhaben könnte, würde ich mich, wenn nötig, in nicht einmal kalten Winternächten mit ein paar Erinnerungen an die Einsiedelei wärmen, aber nicht mit denen an Kérim und nicht mit denen an C., von Frau zu Frau wechseln, bis sie mich nicht mehr interessierten (bis mich die Menschen überhaupt nicht mehr interessierten, das war ein guter Weg, das muss eines Tages passieren, wenn man alt ist), und dann würde man sehen. Und während mich diese Vision, wie Träume, die wirklicher sind als die Wirklichkeit, zur Verzweiflung trieb, noch bevor sie sich konkretisiert hatte, kamen wir unten, in C. an.

Um das Geld in Empfang zu nehmen, das mir Kérim versprochen hatte, hunderttausend Euro, die zusammenzubringen einen Tag dauerte, mussten Cat und ich bis zum Abend in der Stadt bleiben, dann wollten wir verschwinden und nie mehr nach C. zurückkehren, unser Leben anderswo neu beginnen, auf neue Art, das war zu hoffen. Das war natürlich ein Tag zu viel, aber ich muss sagen, dass ich, wie betäubt, nicht mehr so große Angst hatte, verhaftet und mit Gewalt in meine Kaserne zurückgebracht zu werden, ich hatte keine Angst mehr vor dem Feldwebel und seinen Drohungen, die mir, seit ich die Einsiedelei verlassen hatte, total absurd vorkamen, überhaupt ging mir das Gefühl der Gefahr zunehmend ab, zu diesem Zeitpunkt empfanden Cat und ich mehr Traurigkeit als Nervosität, wobei Cat missgelaunt blieb und mir nichts über ihre Gefühle verriet.

Als wir in der Stadt waren, schrieb ich meiner Mutter einen Abschiedsbrief, einen sehr emotionalen Brief, zumindest kam es mir so vor, und Cat, die über meine Schulter mitlas, schien einverstanden zu sein, aber keinen ganz ehrlichen, ich unterließ es sorgsam, ihr zu sagen, dass ich sie erst nach langer Zeit würde wiedersehen können oder gar, wenn alles nach meinen Wünschen ablief, nie mehr. Dann begannen wir, durch die Cafés zu stromern, in denen wir uns jedes Mal die dunkelste, am weitesten vom Eingang entfernte Ecke suchten, und die Sehenswürdigkeiten abzuklappern, die mich nie interessiert hatten, die Reste einer während der Revolution niedergerissenen Stadtmauer, die bemerkenswerten Auskragungen der neu gepflasterten Straßen, die Kathedrale mit den ungleichen Türmen, wie zwei Hörner. Drinnen, wo ich umherlief, während sich Cat mit hochgezogenem Rock, der ihre Unterwäsche entblößte, auf einer Gebetsbank ausgestreckt hatte und zu Tode langweilte, fühlte ich mich wieder einmal von der Religion, von der Hingabe an die Religion und an die Illusion von Sicherheit angezogen, ein bisschen so, wie ich mich, jünger und ebenso naiv, von der Armee hatte ködern lassen.

Was mich an Kirchen verführte, war die übernatürliche Atmosphäre, die mich unweigerlich über die Menschen, den banalen Alltag erhob, fast bis hinauf zu den Fenstern, die uns mal im strahlenden Licht des Glaubens zu empfangen schienen, mal verblassten und sich damit begnügten, uns vor den schrecklichen Fehlern zu warnen, die zu begehen wir im Begriff waren. Aber an jenem Tag, beim Anblick einer geschwungenen Treppe, die hinab zu einer schlecht beleuchteten Krypta führte, in die sich kein Besucher je wagte, begriff ich plötzlich, dass ich mich hatte reinlegen lassen, bis jetzt war ich oberflächlich gewesen, hatte es am nötigen Ernst fehlen lassen, um zum Leben zu gehören, das heißt, um Teil des Lebens anderer zu sein, die mich nicht verachten, nicht Kérim sein und mich nicht verführen würden – immer hatte ich das unterschwellige Dasein zwischen den anderen, das chaotische, wimmelnde, ungewisse Dasein abgelehnt, sein wollen wie Kérim, Mond oder Sonne, aber die wahrhafte Bedeutung jedes Ortes und jeder Sache fand sich nicht im Himmel, ging nicht über unsere Köpfe hinweg, sie wollte vielmehr ausgegraben werden, ohne Erfolgsgarantie, das war die Lehre, die uns die Toten und die Gräber unter unseren Füßen erteilten.

Unser letzter Tag in C. verstrich langsam, Öl auf einer Stahlklinge. Cat sprach nicht mehr, sah mich nicht mehr an. Zweifellos, sagte ich mir am Ende des Nachmittags, war sie mit ihrer Geduld am Ende, konnte es nicht mehr abwarten, ihren Anteil zu erhalten, wollte nur noch ihren Anteil, tatsächlich erhoffte sie als Lohn für ihre Treue lediglich Geld … Und dann würde sie ihrer Wege gehen … Oder nein, es war schlimmer als das: Sie wollte mich, rundheraus, mich mit dem Geld … Nur mit mir wollte sie die Erfahrung des Reichtums machen, den Überfluss genießen und sich nicht mehr darum kümmern, was sie besaß … Mich und dieses schmutzige Geld … Endlich wurde es dunkel und es war Zeit, sich auf den Weg zu unserem Treffen zu machen.

Wir mussten fast durch die ganze Stadt laufen. Ich war nicht unzufrieden, ich hoffte, dieser Marsch würde meine Gedanken klären und auch die schrille Stimme zum Schweigen bringen, die mir seit ein paar Stunden ständig ins Ohr drang: *Das ist Korruption, das ist Eigennutz … Jetzt ist klar, dass du deine Uneigennützigkeit immer vorgetäuscht hast … Du hättest dir früher gar nicht solche Mühe geben müssen, sie zu vermeiden, jetzt hast du sie, Korruption und Eigennutz* … Ich hätte darauf hören und wieder einmal davonlaufen können, tadel- und mittellos, aber Cat ging entschlossen vor mir her, und ich konnte mich nicht durchringen, alles stehen und liegen zu lassen … Ich folgte ihr … Schließlich taten wir nichts Böses … Wir verlangten, was uns zustand … Außerdem war es eine logische, eine soziale Konsequenz, ich war arm geboren und versuchte, mich aus dem Elend zu ziehen, wie man sagt, ein Kreis schloss sich, wie man sagt, ich musste das Geld nehmen und verschwinden … Um mich einen Moment von meiner Verwirrung abzulenken, hielt ich es für angebracht, ausführlich von der Stadt C. Abschied zu nehmen, von der grün angelaufenen Statue des alten, seit Ewigkeiten in seiner allegorischen Haltung erstarrten Soldaten, seine Waffen am Boden und die Arme nach der Erinnerung ich weiß nicht mehr welchen Kriegs ausgestreckt, ein Abschied voller Bedauern, von dem ich spürte, dass es nicht leicht zu überwinden sein würde, ein recht düsterer Abschied von den schwarzen Brunnen, den uralten Geschäften, dem hübschen Fluss, dem Berg, von all den kleinen und großen

Kreuzen und von Kérim dort oben. Nach einer Dreiviertelstunde Auf und Ab, das uns, nach meinem rasenden Herzen und Cats gerötetem Gesicht zu urteilen, viel mehr als nur körperliche Anstrengung abverlangte, war das Viertel in Sicht. Ohne besondere Vorsichtsmaßnahmen, um den Blicken von Neugierigen zu entgehen, liefen wir erst die Avenue Marx entlang, dann tauchten wir in ein Gewirr von Gassen ein, das sich seit meiner Kindheit nicht verändert hatte, aber vielleicht besser beleuchtet war, und kamen zur Sackgasse Quatre-Petits-Chevaux, an deren Ende eine Garage mit halb hochgezogenem Eisengitter stand und vor der ein Mann, ganz in Schwarz gekleidet, wartete und rauchte und regelmäßig den Kopf hob, um die unsichtbaren Sterne zu betrachten.

Es gab keine Schwierigkeiten, wie ich hätte befürchten können, wobei ich angesichts einiger Waffen, die ich in der Garage herumliegen sah, doch nicht unrecht gehabt hatte, mir Sorgen zu machen, auf jeden Fall legten der Mann, der mich hineinbegleitete, ebenso wie der, der wie ein falscher Banker aussah und mir ohne ein überflüssiges Wort eine prall gefüllte Sporttasche übergab, größte Höflichkeit an den Tag. Und auf einmal, vielleicht weil ich plötzlich das seltsame Gefühl hatte, unter der Erde zu sein – es gab kein anderes Geräusch als das Schnurren eines Motors –, oder weil diese Männer und das Leben, das sie, allem und jedem trotzend, führten, mir unkompliziert vorkamen, anfechtbar zwar, aber schlicht, fühlte ich mich wohl in dieser Garage, fühlte ich mich an meinem Platz. Ich hatte das Geld, aber ich zögerte zu gehen, ich hätte gern noch ein bisschen mit den Männern geredet, die mir weise vorkamen, sie nach den Gefahren ausgefragt, die sie eingingen und die mich ängstigten, der ich bei allem um Erlaubnis fragen musste, nach der Dunkelheit, die sie zu suchen schienen und die mich erschreckte, diese Männer hätten mich vor den Fallstricken warnen können, die zu meiden waren, wenn man das Leben nehmen musste, wie es kam … Allerdings brachte ich kein Wort heraus. Und weil ich ohne sichtbaren Grund mit einem schüchternen Lächeln stehen blieb, fragte mich der Banker schließlich, ob es Kérim, Monsieur San, besser gehe. Doch ohne meine Antwort abzuwarten, legte mir der andere freundlich die Hand auf die Schulter und zeigte zum Ausgang. Die ganze Angelegenheit hatte nur fünf Minuten gedauert.

Draußen stand Cat, die mir wortlos das Geld aus den Händen nahm, dann gingen wir langsam davon, beide überrascht von unserem leicht errungenen Reichtum, Cat vielleicht am meisten, sie machte ständig die Tasche auf, steckte die Hand hinein und lachte merkwürdig, als erstickte sie oder als hätte sie eine Schlange berührt, dann machte sie sie hastig und geradezu misstrauisch wieder zu; es war nicht verflucht, dieses Geld, es brannte nicht in den Fingern, es stank nicht und wenn, dann einzig und allein nach Geld, hätte Kérim gesagt, kein Bann hatte uns getroffen – das beunruhigte uns. Am Ende der Sackgasse schien Cat zum ersten Mal an diesem Tag meine Anwesenheit zu bemerken, sie fiel mir um den Hals und drückte sich an mich, als sei ihr plötzlich sehr kalt. Aber wir waren noch keine fünfhundert Meter gelaufen und aneinandergeschmiegt, verliebt, besorgt und verliebt bis zur Hauptstraße gelangt, als wir einen Mann auf uns zukommen sahen, der sich mehr als seltsam benahm. Er schien nicht zu laufen, obwohl er auf beiden Beinen stand, man konnte eher meinen, er versuche sich, gewohnt zu kriechen, weil er immer und überall gegen den Wind kämpfte oder eine schwere Last hinter sich herzog, zum ersten Mal am aufrechten Gang. Er kam nicht schnell voran, blieb alle paar Meter unter jeder Laterne stehen und sprang ohne Schwung mit geschlossenen Füßen in die kleinste Lichtpfütze, als hoffte er, sturzbetrunken, in ein Loch zu fallen, und träfe nur auf die Härte des Asphalts. Er sang vor sich hin, ziemlich schlecht, aber die Melodie hatte etwas Bezauberndes, Uraltes, und plötzlich erinnerte ich mich, dass ich Kérim dieselben Worte hatte singen hören:

Und als er auf dem Throne saß …
Dort oben, dort oben
Und als er auf dem Throne saß

Ich erkannte Gazi. Als Cat ihn herankommen und dann auf uns losgehen sah, als wollte er uns ausrauben, presste sie instinktiv die Tasche an sich, was Gazi nicht entging und ihn zu verletzen schien: Nein, nein, sagte er, ich weiß … Keine Diebstähle mehr, das ist unverzeihlich, das weiß ich doch … Dann wandte er sich von uns ab, vergaß uns plötzlich: Oder ist es in diesem Fall gerechtfertigt?, fragte er sich laut. Natürlich nicht … Was? Wenn man so einsam ist, kommen einem komische Ideen, aber in der Öffentlichkeit muss man sich beherrschen können, mit der Öffentlichkeit kommt die Versuchung … Aber man muss trotzdem vorsichtig rangehen. Sowieso!, brüllte Gazi los, vom Geld des lieben Kérim, ich weiß alles, davon will ich nichts, ich will nichts, ich will nichts! Wofür halten die mich? … Obwohl ich Gazi immer noch abstoßend fand, wurde mir allmählich bewusst, dass ich mehr als von Kérim, mehr als vom Feldwebel und allen Soldaten der Welt, gebrochen und dem Alkohol verfallen, mehr als von den Ganoven, die immer zu wissen schienen, was zu sagen und was zu tun sei, von Leuten wie Gazi lernte, von den Verrückten, den Ohnmächtigen und den Verzweifelten, deren Nähe einem immer unangenehm war – es gibt kein Gleichgewicht, sagten sie, keine Gerechtigkeit … Aber schon ging Cat weiter und zog mich an der Hand mit, während sie starr nach vorn sah. Wartet, sagte Gazi, versuchte humpelnd, uns einzuholen, verließ mit Bedauern die Lichtkreise, in denen er nicht mehr versuchen konnte zu verschwinden, wartet … Wartet!, brüllte er schließlich, presste sich dann aber selbst die Hand auf den Mund, wie entsetzt von der eigenen Stimme. Dann versuchte er wieder, uns hinterherzurennen, so schnell er konnte, wartet, es ist nicht deswegen, es geht um etwas anderes, Besseres, bettelte Gazi … He! Bleibt endlich stehen, ich krieg keine Luft … Irgendwas in Gazis jammernder Stimme schien Cat diesmal zu berühren, sie blieb plötzlich stehen. Weil nämlich … Entschuldigt … Eure Freunde sind bei mir, sagte Gazi, im Haus meines Vaters, gleich hier … Ich bin rausgegangen, ich kann nicht mehr, ihr müsst mir helfen … Der liebe Kérim vom Berge hat ihnen gesagt, sie sollen abziehen, aber sie könnten sich bei uns einnisten, bis sie was Besseres gefunden hätten … Natürlich, Papa und Mama sind bei ihm da oben, natürlich, und ich armer Hund, wo bleib ich jetzt? … Kommt mit, werft sie raus … Die machen Lärm, sie stören Gazi, sie trinken, und Gazi trinkt nicht, manche nehmen Drogen, im Schlafzimmer meines Vaters … Drogen sind keine Lösung dafür, sagte Gazi und schlug sich gegen den Kopf, dabei sah er mich an. Kommt mit, ja? … Kommt ihr? Cat und ich sahen uns an, wir hatten Lust, uns auszuruhen, ich fühlte mich ausgelaugt nach einem Tag des Nichtstuns, des Wartens, aber wir entschieden uns nicht aus Müdigkeit … Wir mussten die Nacht nicht draußen verbringen, wir konnten ein Taxi rufen und der letzte Zug war noch nicht weg. Nicht das Mitleid entschied für uns, obwohl Cat Gazi jetzt neugierig anstarrte, wie ein neues Projekt, dem sie sich widmen könnte. Vielleicht spielte die Nostalgie eine Rolle, auch das Gefühl, dass wir die Einsiedelei nicht angemessen verlassen hatten, wenn ich so sagen darf, dass es zwischen uns noch nicht beendet war. Vielleicht … Vielleicht war es ein bisschen wie eine Rache an Kérim, und vielleicht fühlten wir uns jetzt derselben Familie zugehörig wie Gazi, trotz des Geldes? … Dieses Geld, das war nichts, das zählte nicht … Gewissermaßen … Nach einigem Zögern willigten wir ein, Gazi zu folgen.

Das Haus seiner Eltern stand nur ein paar Schritte entfernt. Ich erinnerte mich nicht sehr gut daran, Kérim hatte mich selten dorthin eingeladen und sich nicht mehr um mich gekümmert, sobald ich drinnen war. Drinnen weckte eine unwirkliche rötliche Beleuchtung in Flur und Küche zunächst das Gefühl, ein Irrenhaus oder ein Bordell zu betreten, aber anders als Gazi behauptet hatte, war alles ruhig. Fast alle ehemaligen Bewohner der Einsiedelei drängten sich in dem kleinen Wohnzimmer, saßen oder lagen auf dem Boden oder dem einzigen Sofa herum, einige schliefen, und als wir hereinkamen, erinnerte dieses Durcheinander ruhender Leiber in allen denkbaren Stellungen an einen vertriebenen Stamm, der bald in alle Himmelsrichtungen verstreut werden würde, oder an menschliche Überreste auf einem Schlachtfeld, heutzutage, da man keine Schlachten mehr sieht – niemals würden mich solche Bilder verlassen, dachte ich, nie mehr könnte ich anders sehen und denken.

Im Grunde war diese Vision gar nicht so falsch: Jeder im Raum schien sich nach Möglichkeit abzugrenzen, war in seiner Ecke damit beschäftigt, über seinem eigenen Unglück zu brüten, und alles, was in der Einsiedelei geschehen war, was man dort getan und verstanden hatte, schien vergessen, bis auf die vage Überzeugung, dass man zusammenbleiben musste, so gut es geht, ohne noch etwas gemeinsam zu haben. Das erklärt natürlich, dass niemand überrascht war, als man Cat und mich auftauchen und dann mühsam über die verschiedenen Hindernisse hinwegsteigend durchs Zimmer gehen sah, dass niemand sich über unsere Anwesenheit aufregte, uns einen etwas eindringlicheren oder wütenden Blick schenkte. Henri, der neben der Glastür zu einem winzigen Garten lag, wirkte orientierungslos wie ein Flüchtling aus dem Altersheim, neben ihm hielt Oscars Vater Laridson seine Frau im Arm, die im Schlaf kleine Seufzer ausstieß. Obwohl er oben nur wenig Sympathie für mich gezeigt hatte (er hatte vierundsiebzig, gegen Ende der bleiernen Jahre, vor der Militärdiktatur aus Brasilien fliehen müssen und mochte keine Soldaten, Deserteur oder nicht), winkte er mir, zu ihm zu kommen und mich neben ihn zu setzen, dann erzählte er mir mit der erleichterten Miene dessen, der sich von einer schlimmen Erinnerung befreit, wie man sie am selben Morgen aus der Einsiedelei vertrieben hatte. Zuerst war Liem, Kérims Vater, sehr früh zu ihm ins Zimmer gekommen, er war sichtlich bestürzt und wusste nicht, wem er sich anvertrauen sollte. Er erklärte ihm, dass Kérim, kaum war er aufgewacht, die Familie und seine Männer versammelt habe, um ihnen die neuen Regeln zu erklären: Alle anderen Bewohner (*Parasiten* war das Wort, das Kérim offenbar verwendet hatte) sollten die Einsiedelei bis zum Abend verlassen haben; fortan werde man die Mahlzeiten bei Kérim, in seinem Zimmer einnehmen, mit dem Platzproblem werde man sich arrangieren, und der Speiseplan dürfe weder Fleisch noch Frittiertes enthalten; eine Sperrstunde werde eingeführt, die ausnahmslos für alle gelte; Lärm, Musik und alles, was die Ruhe des Genesenden stören könne, sei ab sofort verboten. Kérim schien den Verstand verloren zu haben. Dabei war das Fieber nicht wiedergekommen, seine Temperatur wurde ständig kontrolliert, aber er redete jetzt nur noch sehr verworren, schwadronierte ständig von einem Krieg, den er angeblich führe, von Konflikten, die er lösen müsse, Kérim sah sich irgendwie als Kämpfer, aber seine Familie, hatte Liem gesagt, sah ihn überhaupt nicht als Kämpfer. Sein Vater und seine Mutter hatten naiv gehofft, nach dem Sanatorium in ihm sogleich den jungen, vernünftigen Mann und Beschützer wiederzufinden, der er vor der Leukämie gewesen war, er war jetzt geheilt und sie fühlten sich ohne ihn absolut verloren. Natürlich hatte sich Kérim ein bisschen verändert, auf diese Möglichkeit hatten sie sich eingestellt, zumindest sein Vater hatte sehen können, was er durchgemacht hatte, sie sagten sich, dass sie Geduld mit ihm haben müssten, bis er wieder ganz hergestellt sei, so etwas brauche Zeit. Aber er war verrückt geworden, er redete wie sein älterer Bruder, seine Forderungen überschritten jedes Maß, und wie lange würde es dauern – wenn diese neue Krankheit nicht unheilbar war –, bis er wieder bei Sinnen wäre? Wieder der würde, der er gewesen war, stark und gut zu ihnen? Liem konnte nicht verstehen, dass Kérim nicht mehr sein Sohn war, auch kein Mann, sondern ein Überlebender, und dass er sich morgen, in einem Jahr, für immer nur noch um sein eigenes Schicksal sorgen würde, davon würde ihn niemand heilen. Aber zugleich fühlte er, Liem, sich schuldig, so schnell den Mut zu verlieren und *Böses* zu denken, eigentlich kein guter Vater mehr zu sein: Kérim war sein Sohn, trotz seiner Fehler, er war nicht tot. Dann, fuhr Laridson fort, gleich nachdem Kérims Vater gegangen war, den er nicht hatte trösten können, klopfte Maji an seine Tür und verlangte von ihm, ihm und seiner Frau, auf der Stelle zu verschwinden.

Trotz ihres Exodus und seiner Enttäuschung versuchte Laridson, das war offenkundig, Kérim nicht zu tadeln, doch er konnte nicht umhin, auch das war offenkundig, ihm böse zu sein, all die Anstrengungen und Mühen da oben, all die Erschütterungen, sagte er und zupfte an meinem Ärmel, um in diesem Häuschen zu stranden, das nicht ihres war, in der Gemeinschaft, wie er sagte, mit der sie nichts anfangen konnten. Ihr Sohn Oscar, beklagte sich Laridson, ihr eigener Sohn hatte sogleich die kleine Wohnung verkauft, die sie in der Stadt bewohnten, bevor sie genötigt wurden, sich in der Einsiedelei niederzulassen, aber sie wussten noch nicht, wie viel er rausgeschlagen hatte … Was sollten sie tun und wer würde ihnen helfen? Eigentlich, dachte ich, hat Laridson keinen Grund zu jammern … Es würde ihnen nichts nützen, sich selbst zu bemitleiden, schließlich stellte sich wieder so etwas wie eine natürliche Ordnung ein. Es gab keinen Widerspruch, ebenso wenig, wie man zu protestieren hatte, wenn man losgeschickt wurde, um im Namen Frankreichs Krieg zu führen, oder wenn einen der beste Freund unverzüglich an sein Krankenbett rief. Wer waren wir, um zu wissen, was hätte sein sollen, was wir zu erhalten und was zu geben hatten?

Während des ganzen Berichts voller Abschweifungen und Reue, den mir Laridson ins Ohr flüsterte, konnte ich die Augen nicht von Cat abwenden. Sie hatte sich nach unserer Ankunft entspannt, fand in Gesellschaft wie durch einen Zauber ihr liebenswürdigstes Lächeln wieder, sie hatte sich mit Gazi auf den großen Tisch gesetzt, weil es sonst keinen Platz gab. Und sie richtete jetzt ihre ganze Aufmerksamkeit auf ihn, verschlang ihn mit den Augen … Das war seltsam anzusehen. Cat hatte die Tasche mit dem Geld vergessen, ließ sie in Gazis Reichweite herumstehen, hatte sie ihm vielleicht sogar anvertraut … Sie hatte begriffen, was ich schon lange wusste: Gazi interessierte sich nicht für Geld; ebenso, wie sein Bruder ständig von dem Gedanken besessen war, zu geben und auf diese Weise zu besitzen, brannte in Gazi der Wunsch, zu erhalten und zu besitzen, endlich etwas von seinem jüngeren Bruder zu erhalten, etwas, das er behalten könnte und das ihm gehören würde. Und Cat versuchte ihn auf ihre Art für etwas zu trösten, das ihm nie gewährt werden würde, wie er jetzt wusste … Ihn für sein ganzes Dasein zu trösten, ständig verleugnet, in der ganzen Stadt C. und in jeder Straße des Viertels, sogar im Haus seiner Kindheit, wo Kérims Zimmer, wie Gazi behauptete, seit seinem Auszug nicht verändert wurde, wie ein Heiligtum, das seine Eltern nur auf Zehenspitzen betraten, um von Zeit zu Zeit zu lüften, die Möbel zu entstauben und sich zu vergewissern, dass alles gleich blieb, dann einen Moment neben dem Schreibtisch vor sich hin zu träumen, über den abgegriffenen Einband eines Schulbuchs zu streichen, eine Erinnerung an den Lieblingssohn, eigentlich sogar den einzigen, dessen Realität für sie erwiesen war, obwohl sie jahrelang nur aus den Nachrichten gewisser Regionalzeitungen von ihm erfahren hatten. Und Cat, plötzlich empfänglich für Gazis Verzweiflung, die, wie sie spürte, tief und wahrhaftig war, bewegt von einem Automatismus aus Mitgefühl und Interesse für sich selbst, wenn sie sich mitfühlend fand, was sie fast vollständig erklärte, Cat hatte beschlossen, Gazi zu bemuttern, ohne sich länger um mich, das Geld oder ihr eigenes Schicksal zu kümmern – genau das tat Cat, denjenigen unterstützen, der ihr im Augenblick der Schwächste, der größte Pechvogel zu sein schien, und sich dann an ihn binden, wenn sie nichts anderes zu tun hatte, wenn sie nicht selbst die Unglücklichste und Schwächste war … Sie war auf ihre Weise verrückt, aber das waren wir alle und ich war nicht eifersüchtig, ich würde sie nicht ändern – es war besser so.

Ich verbrachte die folgenden Stunden damit, Cat mit den Augen zu verschlingen, alles, was ich von ihr wusste, hatte ich aus sicherer Distanz erfahren, indem ich sie beobachtete, wir waren vor dem Fernseher zusammengesunken, und während Cat alberne Sendungen verfolgte, auf die ich meine Aufmerksamkeit nicht zu konzentrieren vermochte, und Gazis dicker, zerzauster Kopf an ihrer Schulter lag, schaute und schaute ich sie an, mir ihre Züge für immer einzuprägen füllte mich voll und ganz aus. Seit Tagen schon tat ich nichts anderes, als sie anzuschauen, ich küsste sie nicht mehr, ich berührte sie nicht mehr mit genügend Leidenschaft. Da ich neben ihr saß, hätte ich nur den Arm über Gazi hinweg ausstrecken müssen, um ihre Hand zu nehmen oder ihre Wange zu streicheln, aber das erschien mir unangebracht, ich weiß nicht, ich fand diese Gesten plötzlich anstößig, die sicher besiegelt, realisiert hätten, was wir noch nicht unsere Liebe zu nennen gewagt hätten; es war zu spät – ich hatte ihr nicht gesagt, dass ich sie liebte, sie hatte mir nie irgendwas gesagt.

Ich brauchte den Rest der Nacht, um mich zum Aufbruch zu entschließen und mich damit abzufinden, Cats Gesicht nie wiederzusehen, das allein zerriss mich, und ich sagte mir wieder und wieder, wie ein Sprichwort, das seine Wahrheit offenbart, den Satz vor, den Kérim so liebte, das war eine Hilfe, die kostbarer war als das Geld, einen Satz, den er meistens auf Deutsch sagte, den ich aber eiligst übersetzt hatte: *Und gerade die Einsamsten haben den größten Anteil an der Gemeinsamkeit*. Das sprach mich jetzt an, das genügte mir. Als ich vor dem Fenster die ersten Vorläufer der Morgendämmerung sah, stand ich auf, als wollte ich meine steifen Glieder strecken. Ich wusste nicht, ob Cat eingeschlafen war, ihre rechte Hand formte eine Art Schirm vor ihren Augen, aber sie rührte sich nicht und ich ließ ihr das Geld und ich gab ihr keinen letzten Kuss. Einmal draußen, gepackt von der Kälte, wie ausgekotzt von einer albtraumhaften Paralleldimension in die eisige Welt der normalen Menschen, begann ich mit strammem Schritt in Richtung Bahnhof zu laufen, wo ich ohne Fahrkarte in den ersten abfahrenden Zug stieg.

7

In den Tagen nach meiner Abreise aus C. kam mir alles sehr seltsam vor, als wollte ich, ohne Orientierung und ohne genaues Ziel unterwegs, mich nur noch verflüchtigen. Ich hatte das Gefühl, mich zu verlieren. Ich fuhr nach Lyon, wo ich auf den Sommer wartete und als Aushilfe in einem Restaurant in der Fußgängerzone schuftete, so wenig wie möglich vor die Tür ging, immerhin ab und zu in der Dämmerung nach Norden an der Rhône entlanglief, bis ich zwischen den Mauern von Grün an beiden Ufern beinahe erstickte. Ich fühlte mich ständig beobachtet. Ich dachte damals melancholisch, ich glaube, ich dachte philosophisch, wenn man so sagen kann, und auch religiös, sodass mein Leben ausschließlich vom Glauben bestimmt wurde: Was ich wahr glaubte, war auch wahr. Und alles, was mir geschah, dachte ich, betraf ein altes Bild von mir, eine Haut, die ich nach vielen Zuckungen gerade abstreifte; alles, was mir geschah, hätte durchaus woanders stattfinden und andere betreffen können – insofern war ich nie allein. Ich vermied es um jeden Preis, über meine eigene Situation nachzudenken, ich wollte nicht wissen, was aus Cat und den anderen geworden sein mochte, ich versuchte, für mich zu sorgen, ohne mich allzu sehr um mich zu sorgen, wenn ich so sagen kann.

Doch wenn ich mich mit meinen Gedanken, mit zwei oder drei meiner Gedanken abkapselte, kam es mir vor, als würde mir nur ein Aufschub gewährt, so oder so, ich fühlte mich irgendwie bedroht, ohne dass sich die Drohung je konkretisierte, auch, dass der Ort und die Zeit nicht zu denen passten, in denen ich lebte, ich sah mir beim Leben zu und machte damals harte Stunden durch, reglos ohne Grund (ich war noch jung, ich hatte noch viele Jahre vor mir, meine Jugend war nicht vorbei); ich stand nach Einbruch der Nacht still im Regen vor dem Widerschein der gelb leuchtenden Ladenschilder auf dem nassen Bürgersteig, oder ich saß in einem Hof hinter der Restaurantküche auf Kisten und betrachtete den violetten Himmel, während meine Gefährten – meist Flüchtlinge, besser an die Ängste der Illegalität, der Inexistenz gewöhnt, die seit Kurzem in mir bohrten – auf einem Stück Pappe würfelten, und wenn ich versuchte, den Bann zu brechen und mich ihnen zu nähern, ihre schnellen und sicheren Würfe mit einem lächerlichen »Gut gespielt, gut gespielt, Jungs« zu kommentieren, versagte meine Stimme den Dienst. Irgendwelche Ablagerungen in meiner Kehle verschlossen den Durchgang, und ich konnte nicht schreien, meistens konnte ich nicht mal sprechen. Ich sagte mir, das sei der Krieg, der zurückkehre, wie eine chronische Krankheit, es sei nicht schlimm. Aber ich hatte das Gefühl, irgendwo einen Teil von mir zurückgelassen zu haben, der mir plötzlich fehlte, als wäre es ein Arm oder ein Bein, ohne genau zu verstehen, was es war, das sich mir so schmerzhaft in Erinnerung brachte, was ich verpatzt und wo ich falsch gehandelt hatte. Keine der körperlichen oder moralischen Strafen, die ich mir gewöhnlich auferlegte, um für meine Sünden zu büßen, konnte mich diesmal befriedigen. Ich muss allerdings zugeben, dass mein Alltag, abgesehen von einigen recht kritischen Episoden, insgesamt angenehm war, weil ich nichts mehr entschied, dass er nur durch Anfälle von Rührseligkeit unterbrochen wurde, die mir den Atem raubten und mich tagelang davon abhielten, mich zu zeigen, während ich ohne Unterbrechung weinte und trank.

Nachdem ich in der Nähe der Gare de Perrache einmal zu oft auf eine Patrouille bewaffneter Soldaten getroffen war und da ich gerade das Geld für die Miete beiseitegelegt hatte, die ich seit drei Monaten nicht mehr bezahlte, brach ich im September wieder nach Osten auf. Die Zufälle des Trampens erlaubten mir keinen Zwischenstopp in Straßburg, wie ich gehofft hatte, weshalb ich, nachdem mich ein Fernfahrer in der Nähe der Grenze abgesetzt hatte, mir aber das Geld fehlte, um in Deutschland zu leben und vielleicht jenes friedliche, dickbäuchige Dasein kennenzulernen, von dem Kérim immer geträumt hatte, beschloss, nach Nordwesten zu fahren, ans Meer, sagte ich, wenig überzeugt, in den Fahrerkabinen meiner verschiedenen Chauffeure, aber schließlich blieb ich, ich weiß nicht warum, in einer kleinen Stadt an der Somme, in Péronne. Nachdem ich zwei Tage als Obdachloser verbracht hatte, an die ich mich nicht erinnern möchte, ließ ich mich in einer Fernfahrerpension nieder, deren Wirtin, eine dynamische Heilige, die die meisten Manina nannten, mich eine Zeit lang für wenig Geld und ein paar kleine Arbeiten übernachten ließ, die ich für sie zu erledigen hätte, warnte sie mich sofort, weil ihr Sohn das Haus verlassen habe und sie auf sich gestellt sei, so erklärte sie es mir zumindest am ersten Abend.

Dort konnte ich das Leben führen, das sicher meins gewesen wäre, wenn ich C. nie verlassen hätte. Die Tage folgten aufeinander, ihre Monotonie wurde kaum von den kleinen Jobs unterbrochen, die Manina für mich fand und die ich unweigerlich nach wenigen Tagen aufgab, als wäre die Ablagerung, die meine Kehle verstopft hatte, in mir nach unten gerutscht, als wären jetzt meine Glieder, meine Brust und mein Bauch an der Reihe, sich zu verhärten und zu versteinern. In dieser Kleinstadt, wo jeder das Gesicht, den Ruf eines jeden kannte, fürchtete ich jedenfalls nicht mehr, entdeckt und verhaftet, dann zu meinen militärischen Verpflichtungen zurückgebracht zu werden, gegen jede Logik hatte man mich sofort und ohne jede Überprüfung auserwählt und geschätzt. Und ich konnte, die Hände im Rücken verschränkt, zufrieden mit meinem banalen Leben, überall hingehen, durch die Straßen mit den kleinen Geschäften und den kleinen Ziegelhäusern, neugierig und aufmerksam, immer waren mindestens ein oder zwei neue Bekannte zu grüßen, und ich verbrachte ganze Tage in der Bibliothek, wo ich anfing, mit Mühe einige Werke zu lesen, von denen mir Ké erzählt hatte und deren Titel mir wieder eingefallen waren, aber am Ende entschied ich mich für eines der zahlreichen Bücher über Lokalgeschichte, die die Regale füllten, oder verschlang in wenigen Stunden eine Kriminalerzählung, die vorgab, wahr zu sein. Ich erinnere mich, dass ich in der Zeit ein ziemlich ausführliches Buch über Flucht und Verhaftung des Mannes las, der als meistgesuchter Verbrecher Frankreichs galt, Yvan Colonna, so reiste mein Geist eine Weile durch die Landschaften Korsikas, wo ich nie gewesen war, in den Maquis, wo ich mich, dachte ich, unbegrenzt hätte verstecken können. In der übrigen Zeit erkundete ich eifrig die Gegend, als sei mein Aufenthalt in Péronne ein lange geplantes Vorhaben, ich durchstreifte, wann immer ich konnte, ein bestimmtes Viertel oder wanderte durch die umliegenden Felder, orientierte mich ohne Karte an den großen Straßen, am Rathaus, machte mich mit den Mäandern der Somme vertraut. Dann, als ich das Gefühl hatte, die ganze Stadt zu kennen, tauchte ich mehrere Wochenenden hintereinander, tatsächlich jedes Wochenende über mehrere Monate hinweg und bei jeder Gelegenheit in der Woche, von der Porte de Bretagne aus in die Natur ein und absolvierte so vollständig wie möglich den langen Rundweg des Gedenkens an den Ersten Weltkrieg.

Dieser war zu meinem großen Erstaunen durchgehend unterhaltsam. Ich hatte zuerst erwartet, nur Friedhöfe zu sehen, und Friedhöfe gab es, britische, französische, deutsche oder australische, meist riesig, Kreuze oder exakt aufgereihte Platten auf großen, rechteckigen, gepflegten Rasenflächen, als hätten die Soldaten, von Granaten zerfetzt, von Maschinengewehren zerstückelt, von Gas vergiftet oder von der Grippe hinweggerafft, wie die zahlreichen Informationstafeln auf dem Rundweg erklärten, alle ohne Ausnahme, unabhängig von ihrer Herkunft, ihrer sozialen Schicht und ihren Motiven zu kämpfen, hier denselben geordneten und luftigen, beinahe künstlichen Frieden gefunden, zu Zehntausenden im Ruhm eines zarten Grüns begraben, das einen schaudern ließ und nach meiner Vorstellung kaum ihrer Ruhe diente, während ganz in der Nähe die normalen Toten, die meistens nur für sich gestorben waren, ohne höheren Grund und ohne zu verteidigende Sache, und wäre es die verrückteste, deren Tod vielleicht nicht einmal Trauer geweckt hatte, die Toten, die man an Allerheiligen besuchte, im Vergleich dazu auf ihren ungepflegten, aus Platzmangel anarchischen Friedhöfen einfach zur Erde, zu den Würmern, den Steinen und dem Unkraut zurückgekehrt waren, so wie es sich gehört, dachte ich.

Aber es gab entlang des Rundwegs nicht nur Friedhöfe zu sehen, und mehr als von meinen ziemlich düsteren Fantastereien über die Art, wie man die teuren Toten behandelte, über meinen eigenen Tod, den ich auf unerklärliche Weise nahe wähnte, und über die Erinnerung, die man an mich bewahren würde, schwindelte mir von diesen unzähligen Nekropolen jeder Größe, Denkmälern, Obelisken, erhalten gebliebenen Schützengräben und Stacheldrahtzäunen und den endlosen Namenlisten (ich erinnere mich, dass ich am Thiepval-Denkmal für die britischen Soldaten, die während der Schlacht an der Somme gefallen waren, jedes Mal, wenn ich vorbeikam, auf einem der sechzehn Pfeiler, auf denen riesige Bögen ruhten, mit Freude die schönen Namen *Dixon*, *Hammond*, *Blackworthy*, *Ballantine*, *Spottiswood* und *Netcalfe*, *Faulkner* und *Llewellyn*, der *Northumberland Fusiliers* und *Royal Irish Fusiliers* oder des *Yorkshire Regiment* wiederfand, die mich trösteten), von all diesen Spuren einer Vergangenheit, die man mit beiden Händen festhielt, die man nicht verschwinden lassen wollte, um eine weitere Sedimentschicht unter unseren Füßen zu bilden. Am sogenannten Lochnagar-Krater in La Boisselle, nahe Albert, vor dem mehr als zwanzig Meter tiefen Loch, das 1916 durch die gigantische Explosion einer Mine entstanden war und das man seither zur Erinnerung an jene zu bewahren suchte, die man als Märtyrer ansah, empfand ich jedes Mal eine ähnliche Betäubung, aber immer etwas anders, immer präziser und konkreter, dachte ich, weil es mir vorkam, als könnte ich hier, beim Anblick dieses riesigen Lochs in der Erde, das sich nicht schließen durfte, den Grund des Unbehagens sehen, ja beinahe berühren, das ich ständig verspürte.

Eines Abends, am Ende der letzten Wanderung, die ich auf dem Rundweg der Erinnerung in Gesellschaft der jetzt hundert Jahre alten Toten und der Erinnerungen an die hundert Jahre alte Zerstörung unternahm, stand ich wieder am Rand des großen Kraters und beschloss, bis zum Ende zu gehen, das war mein Gedanke; und ohne einen anderen Wunsch, glaube ich, als den, es nicht wie alle zu machen, stieg ich trotz der zahlreichen Verbotsschilder und der Gefahren, die man hinsichtlich nicht explodierter Granaten und übrig gebliebener Minen vermuten konnte, hinunter in das klaffende Loch. Es gab keine Begrenzung, keinen Zaun, um den Zugang zu verwehren, ich musste nur um einen dichten Strauch herumgehen und ein paar Sekunden lang einen steilen Trampelpfad hinunterstolpern, um den Grund zu erreichen. Dort, genau in der Mitte des Kraters, waren Dutzende winzige Kreuze im Kreis eingepflanzt, in der Mitte Mohnblumenkränze, die erbärmlich und verwelkt aussahen. Als ich nun einmal unten war, wusste ich nicht, was ich noch tun sollte. Und wenn mich irgendwer, der Nachkomme eines hier Gefallenen, überraschte? Mehr aus Mangel an Alternativen als aus Respekt für die Toten schloss ich die Augen und sammelte mich einen Moment, zumindest kam es mir so vor, ich dachte an nichts anderes als an meine Rückkehr nach Péronne und den anstrengenden Marsch, der mich erwartete. Doch als ich den Kopf hob, packte mich Panik, ich erkannte nichts wieder: Kein Geräusch war zu vernehmen, als wären alle Vögel und Insekten verstummt, selbst der Wind schien sich zu weigern, in den Krater zu blasen, und das Wasser, zu fließen; die Wände des Lochs, obwohl von Unkraut bedeckt, fand ich plötzlich nackt und glatt, ich hatte das Gefühl, es würde nicht mehr möglich sein, sie zu erklimmen, um hinauszukommen, die Dunkelheit hatte in wenigen Minuten alles verschlungen, sodass ich unter dem verschleierten Himmel, der eine Kuppel über meinem Kopf formte, kaum etwas von draußen sah, als sei, so dachte ich, als sei kein Morgen vorstellbar.

Ich hätte sicher ziemlich leicht aus dem Loch hinausgelangen können, ich hätte, nach einer ungelenken Anstrengung, mein Leben an der Oberfläche unverändert und unvollständig wieder aufnehmen können. Aber in der Dunkelheit hatte mich eine übermächtige Verzweiflung gepackt und ich fiel auf die Knie, am Ende meiner Kräfte, wie niedergedrückt von der in dreißig Jahren Leben angesammelten Müdigkeit. Und so blieb ich viele Stunden, gelähmt und verstört von der Lähmung, die ich nicht verstand, ich spürte unter mir nicht mehr die feste Erde, sondern einen lockeren, weichen, pulverartigen Boden, in dem ich versinken konnte, als wäre ich, dachte ich plötzlich voller Entsetzen, auf dem Mond … Am meisten ängstigte mich, vor meiner Zeit zu verschwinden, ich fürchtete, lebendig begraben zu werden, ebenso wie die Soldaten, Freund und

Feind, 1916 verschwunden waren, ich fürchtete, ein Gefühl, das mir heute nahezu unbegreiflich ist, dass die Knochen meiner Beine und meiner Hüfte, die in jener Nacht entsetzlich schmerzten, sich von meinem Körper lösen würden, um den gigantischen Knochenhaufen zu ergänzen, den ich unter mir wähnte … Ich war niedergeschmettert, ausnahmsweise unfähig zu fliehen, als müsste ich diese Prüfung unbedingt und auf eigene Gefahr durchstehen – das war nicht eine jener Erfahrungen, bei denen man dem Tod nahe genug kommt, um sich lebendig zu fühlen, sondern ein Grauen, das sich in die Länge zog und mich erstarren ließ, bis praktisch einmal pro Minute mein Herz stehen blieb. Und ich erinnere mich sogar, dass in einer besonders dunklen Stunde der Nacht aus der dichten Stille, von der ich das Gefühl hatte, dass sie meine Ohren verstopfte und bluten ließ, ein Chor unmenschlicher Stimmen sickerte, der von mir eine Entscheidung verlangte, eine endgültige Entscheidung, ich hörte ihn wirklich, und mehrmals glaubte ich verrückt zu werden … Ich weiß nicht, wie ich überlebte, vielleicht einfach nur, wie so viele vor mir, aus Gewohnheit, indem ich, allem und jedem zum Trotz, den Tagesanbruch erwartete; vielleicht, denke ich heute, trieb mich letztendlich auch die Aussicht, unwürdig und illegal zwischen Kriegshelden, Kadavern und Stahl in dem Loch zu bleiben, dazu, dass ich mich rührte und mühsam, als hätte ich keine richtige Gewalt mehr über meinen Körper, kurz vor der Ankunft der ersten Sonnenstrahlen hinaufkletterte.

An jenem Morgen kam ich so langsam voran, dass ich glaubte, ich würde die Stadt nie wiedersehen, und ich kehrte als neuer Mensch nach Péronne zurück, das wurde mir auf dem Rückweg vom Lochnagar-Krater nach und nach bewusst. Dann, in den folgenden Tagen, zurückgezogen in meinem Pensionszimmer, wo ich mich so gut wie möglich erholte und versuchte, vor allem nicht die Empfindungen und Gefühle zu vergessen, die mich in meinem Abgrund bewegt hatten, versuchte ich, den Gedanken zu präzisieren, für mich allein Schlussfolgerungen zu ziehen, und ich überlegte mir, dass ich jetzt nur eins wollte, nämlich nicht mehr auf meine Vergangenheit zurückkommen, nie mehr sein und handeln wie früher – Kérim und die Armee, meine Jugend in C., Cat, es fühlte sich an, als hätte ich sie in dem Loch zurückgelassen. Dieses Gefühl der Erneuerung bewahrte ich noch einige Zeit, fragil, aber auch standhaft, manchmal schrecklich, wie es der wilde Wind des wiederkehrenden Lebens sein kann, übrigens blieb ich in Péronne, aus Angst, das Gefühl könne sich verflüchtigen, ich verließ die Stadt nur selten, begnügte mich im Wesentlichen mit schlichten Freuden, klar zu sehen und zu fühlen, in fast ausschließlicher Gesellschaft von Manina und ihren Bekannten.

Dann aber, Mitte Januar, nachdem ich die Feste zum Jahresende auf die befriedigendste Art und Weise begangen hatte, weitgehend hirnlos und wie ein Genesender oder ein kleines Kind, umgeben von der Fürsorge Maninas und ihrer Familie, als wir wie jeden Abend bei den Zwanziguhrnachrichten saßen, bei denen Manina von der ersten bis zur letzten Minute kein Wort verlor und die ich nur anschaute, um ihr einen Gefallen zu tun, mit der Sorge, wegen einem zu ergreifenden Bericht oder Bild möglicherweise wieder in meine früheren Ängste abzutauchen, erhielt ich eine anonyme Nachricht: *Kérim hat wieder Krebs.*

Insgesamt schaffte ich es, ruhig zu bleiben, aber ich brach doch etwas überstürzt auf, jedenfalls erinnere ich mich nicht, irgendein Gepäckstück mitgenommen zu haben, vielleicht hatte ich die Hoffnung, bald in die Pension zurückzukehren und in Péronne zu genießen, was ich endlich gelernt und mir hart erkämpft hatte. Ich bin sicher, dass ich Manina vor dem Bahnhof umarmt habe, aber auch, dass ich dachte, ich hätte genug davon, vor Bahnhöfen Leute in die Arme zu schließen. Kurz bevor ich in C. ankam, als ich gerade anfing, aus meiner Betäubung zu erwachen und in Ruhe zu überlegen, was ich da eigentlich tat, rief ich Kérim an, komischerweise ohne jede Furcht (meine verschiedenen Sorgen flatterten wie Vögel über meinem Kopf). Er schien sich über meinen Anruf ebenso wenig zu wundern wie über meine erneute Rückkehr, auch wenn es so schien, als müsse sich seine schwache, verschleimte Stimme, die über die ersten Wörter stolperte, die er aussprach, aus seinem tiefsten Inneren hervorarbeiten, ich hatte einen Rückfall, sagte er sofort, ich werde sterben, dann, nach einer seltsamen Pause, bat er mich, an den Ort zu gehen, wo wir uns getrennt hätten, so formulierte er es, wir würden uns dort treffen, und er legte auf. Am nächsten Tag kehrte ich also in die Einsiedelei zurück. Alles wirkte verlassen, als hätte seit Jahren niemand dort gelebt oder als wäre eine Sintflut über das ganze Plateau hinweggegangen, hätte das Holz der Unterstände zerstört, die wir gebaut hatten, und hier und da den Putz der Fassaden vor Nässe aufquellen lassen. Zur vereinbarten Uhrzeit erschien ein Mann in Anzug, gerade bevor mir der Anblick der Katastrophe unerträglich wurde. Er führte mich zu seinem Auto, das irgendwo im Wald am Weg stand, dann, nachdem wir zwanzig, dreißig Kilometer einer gewundenen und abscheulichen Straße gefolgt waren, setzte er mich auf dem Rollfeld eines kleinen Flugplatzes ab.

Kérim saß in dem am weitesten vom Anfang der Landebahn entfernten Hangar auf einem Klappstuhl, sein Gesicht, aufgedunsen und nicht wiederzuerkennen, tauchte kaum aus den drei oder vier Decken auf, in die er sich gewickelt hatte, trotzdem schlotterte er. Ah, da bist du ja, sagte er und versuchte aufzustehen, aber er gab es sogleich auf, dass du gekommen bist, das ist für mich, du kannst dir nicht vorstellen, das tut mir so gut. Das war alles. Er fand wohl, er habe genug über meine Verdienste gesagt, denn er redete sogleich über das, was er vorhatte. Eine weitere Transplantation ist nutzlos, sagte Kérim, Zeitverschwendung, ich weiß es, damit bin ich durch. Also haue ich ab. Er hatte vor, mit dem Flugzeug nach Mexiko zu fliegen, von dort aus nach Norden, dann an der Ostküste der USA entlang bis nach Kanada zu ziehen und sich am Ende mitten im borealen Nadelwald niederzulassen, ich habe schon viel zu lange Lust, das zu sehen, sagte er, in einer Stunde würde er starten. Ich war fassungslos. Was mich am meisten erstaunte, war allerdings nicht seine Entscheidung, die Behandlung abzubrechen, sondern diese drängende Sehnsucht nach Amerika, von der er mir bis dahin nie erzählt hatte, und ich konnte mich nicht beherrschen, sondern fragte, warum er nicht eher an seine Ursprünge zurückkehre, nach Kambodscha oder in die Türkei, wo seine

Eltern vielleicht noch Bekannte hatten, die ihn aufnehmen und sich um ihn kümmern könnten. (In der Aufregung der Vorbereitung dessen, was seine letzte Reise sein sollte, schien Kérim ganz und gar vergessen zu haben, dass er krank war, ja sogar, dass er Höllenqualen litt.) Aber wie immer, wenn man ihn auf seine Ursprünge verweisen wollte, tat Kérim, als hätte ich nichts gesagt, sowieso wird nie wieder jemand von mir hören, sagte er in dem melodramatischen Ton, in dem er üblicherweise ein Gespräch beendete. Dann wurde er plötzlich ernst und sagte: Charles … Charles, wir dürfen uns nichts vormachen, Charles, ich weiß genau, wer ich bin … was ich in meinem Leben getan, was ich zugelassen habe … Das ist vorbei … Aber jetzt … Ich möchte, dass du mitkommst, ich denke daran, seit du mich angerufen hast, ich möchte … Mit einer Geste, einer ablehnenden Geste unterbrach ich Kérim, bevor er unseren Abschied verdarb, bevor er sich erniedrigte und mich anflehte, und senkte die Augen. Ich konnte ihn nicht begleiten, auch wenn ich mich für einen Augenblick mit ihm in das Flugzeug steigen und dann starten, den durchsichtigen Mond hinter mir zurücklassen und meinen Blick der Sonne zuwenden sah, der triumphierenden Sonne im Osten, mit ihm zu gehen hätte bedeutet, mein Todesurteil zu unterschreiben, das konnte ich nicht machen, ich hätte mein eigenes Leben, mein neues Leben verleugnet und wäre verschwunden … Als ich den Kopf hob, sah ich, dass Kérim weinte, das heißt, dass etwas Wasser geräuschlos über seine Wangen rann und sich dort verlor, oh, im Grunde war es sehr wenig und er konnte seine Tränen mit einer einzigen Handbewegung wegwischen. Dann hustete er, wie ein Räuspern, richtete sich auf, sah mich erneut an und lächelte.

Niemand lächelte wie er, konnte solche Wärme und solche Kraft vermitteln und die Überzeugung, dass alles gut werden, sich am Ende alles einrenken würde, niemand hätte dieses Wolfslächeln gewagt, das bei dem, dem es galt, den Eindruck erweckte, bei reichlicher Beute verschont zu bleiben. Aber unter dem Einfluss der Schmerzen, die, rasend ob der ersten Behandlung und ihrer ersten Niederlage, doppelt so stark zurückgekehrt waren, vielleicht auch, weil von dem Raubtier in ihm nicht mehr viel übrig war, hielt sein Lächeln nicht an, und bald blieb nur noch ein schwacher Abglanz davon in seinem Gesicht … Da begriff ich … Ich hatte lange gebraucht … Jetzt wusste ich, warum er wegmusste und aus welchem Grund ich bleiben musste, und ich wurde ruhiger … Zwischen uns war es immer so gewesen, keine Gleichheit, keine Erfüllung war möglich, und während ich in jedem Punkt wie er sein, er sein und seinen Platz einnehmen wollte, brauchte Kérim vielmehr mich, er verlangte ständig nach mir und nicht umgekehrt … Ich war derjenige, der Kérim erlaubte, besser als alle zu sein, ich war derjenige, der ihm fehlte, und nicht umgekehrt … In diesem Augenblick kam mir, als wollte ich mich einen Moment von der Rohheit meiner eigenen Gedanken, der heutigen Sackgassen abwenden, unsere erste Begegnung in den Sinn …

Wir waren acht oder neun, er war neu in unserer Schule. Er sah schon damals aus, als wisse er mehr als wir anderen, das gefiel nicht allen, ich aber war fasziniert … Er war gerade gekommen, wir gingen nicht in dieselbe Klasse, ich kannte ihn noch nicht und er prügelte sich für mich … Er hatte mich eben erst auf dem Hof angesprochen und schüchtern nach meinem Namen gefragt, als uns grundlos, oder aus einem Grund, den mir Kérim nie offenbarte, drei Jungen umringten und anfingen, uns zu schubsen und uns Fußtritte gegen das Schienbein und den Knöchel zu verpassen. Ich traute mich nicht zurückzutreten, ich wusste, wenn wir uns zu tapfer wehrten, würde es am nächsten Tag von vorn anfangen, und am übernächsten Tag und an dem danach, schon damals hatte ich Angst vor dem Morgen. Ich stellte mich darauf ein, ein paar Schläge einzustecken und pro forma zurückzugeben, aber als einer der Jungen auf Kérim zukam und versuchte, ihn in den Bauch zu boxen, schien dieser plötzlich aus seinen Gedanken aufzuwachen, er sprang zurück, drückte die Beine in den Boden, stieß mich brutal aus dem Kreis, den die drei um uns bildeten, und begann sich mit ihnen zu prügeln, ich meine, sich richtig zu prügeln, wie ein Erwachsener, ohne sich um die Folgen zu scheren – sich mutig zu prügeln, an meiner Stelle. Ich bekam fast nichts davon mit, was er für mich einsteckte: Ich war weggerannt, um Hilfe zu holen. Als ich mit einer Lehrerin wieder auf den Hof kam, war die Schlägerei schon vorbei und die Kinder hatten sich zerstreut. Ich sah mich nach Kérim um, dachte, er hätte gesiegt, irgendwie war ich davon überzeugt. Dann sagte ich mir traurig, dass er nie wieder ein Wort mit mir sprechen würde, ich hatte ihn im Stich gelassen. Aber am Nachmittag wartete Kérim vor der Schule auf mich, er war seit dem Morgen nicht mehr zum Unterricht gegangen, und als ich mich um seine Nase sorgte, die immer noch blutete, und um sein zugeschwollenes Auge, lachte er, als wüsste er bereits, als akzeptierte er von vornherein, wie ich war und wie er war, eine Akzeptanz, die nicht resigniert war, sondern von einer unermesslichen Hoffnung in die Zukunft begleitet wurde, in das, was wir füreinander sein würden, was wir gemeinsam vollbringen könnten und was damals er allein vorausgeahnt hatte.

Ich lud ihn zu mir ein, und unterwegs erzählte er mir auf seine Art, ohne Angeberei und ohne Wahrheitstreue (das mochte er, lügen, ohne anzugeben, ohne Boshaftigkeit, fröhlich zu lügen), ebenso, wie er mir später, fast ausschließlich dem Faden seiner wunderbaren Fantasie folgend, Dutzende abenteuerliche Geschichten erzählen würde, die er wirklich erlebt hatte, ganz ausführlich von der Rauferei und allen ausgeteilten und einkassierten Schlägen, aber ich hörte kaum zu, ich dachte die ganze Zeit nur, dass ich jetzt einen Freund hatte, für mich der beste, mit dem es möglich sein würde, die erdrückende Menge unbeschreiblicher Gedanken zu teilen, die mich bereits überwältigten, und dann nach unserer Vorstellung die Welt zu ändern, nach unserer Vorstellung die alte Welt auf den Kopf zu stellen, die uns zu alt und zu feindselig war – das alles war zwischen uns bereits beschlossene Sache, mit neun Jahren, wir wussten, dass wir uns der Chance würdig erweisen mussten, die uns geboten wurde, während so viele andere ein ganzes Leben erleiden und Abertausende Kilometer zurücklegen müssen, um ein geliebtes Wesen zu finden, das sie vervollständigt, und seither hatte sich nichts geändert, weder wir selbst noch unser Vorhaben, die Welt auf den Kopf zu stellen; trotz allen Frusts und des Zorns der Jugend, trotz des schäbigen oder berechtigten Grolls als Erwachsene, war ich in Erinnerung an die Hoffnung, die der kleine Junge in mir geweckt hatte, immer wieder zu ihm zurückgekehrt ... Bis heute ...

Mit dieser Schuld der Freundschaft, diesem unerklärlichen Hingezogensein zu einem anderen, den man instinktiv erkennt und der sich uns ohne die Komplikationen von Sexualität ganz und gar hinzugeben scheint, dieser Zwillingsbruderschaft, die die Natur nicht vorgesehen hat, kann es weder die Liebe noch die edelste Seelenregung aufnehmen. Das Göttliche hat keinen Anteil daran, es ist ein menschlicher Erfolg, es ist ein menschliches Scheitern – das denke ich jetzt meistens, unter dem Zelt, wieder im Krieg in der Wüste, ich überliste meine Langeweile und Gleichgültigkeit, indem ich den Mond ergründe, der für alle gleich ist, bis heute weiß ich nicht, ob Kérim noch lebt, aber für mich lebt er immer, und ich stelle ihn mir allein vor, ohne die Kälte zu beachten, wie er irgendwo im hohen Norden in einem Wald kauert und den pfeifenden Stimmen des Windes zwischen den Bäumen lauscht, die zu ihm sprechen, die seinen nahen Tod und das Nichts ankündigen und ihn auslachen, und ich frage mich, ob Kérim an mich denkt, ich frage mich, woran er denkt, und ich frage mich, ja, ich wäre gern ein letztes Mal an seiner Seite, um zu sehen, was er sieht.

Die Originalausgabe erschien 2015 unter dem Titel
Seul, invaincu bei Actes Sud, Arles.

Umschlagmotiv: Kamil Vojnar / Trevillion Images
Typografie und Satz: Frese Werkstatt, München
Herstellung: Sieveking, München
Druck und Bindung: CPI – Ebner & Spiegel, Ulm

ISBN 978-3-95438-058-9